EL ESCONDITE INGLÉS

MIGUEL MENA

El escondite inglés

Apéndice de: Manuela Lorente Bendicho

ALBA
EDITORIAL

© de esta edición: Alba Editorial, S.L., Camps i Fabrés, 3-11, 4º
08006 Barcelona
Primera edición: marzo de 1997
ISBN: 84-88730-14-4
Depósito legal: B-6 849-97

Diseño de esta colección: RICARD BADIA

Fotocomposición: Master-Graf, S.L.
Trilla, 8 - 08012 Barcelona
Impresión: Liberduplex, S.L., Constitución, 19,
08014 Barcelona

Impreso en España

I

La maleta de Nuria dio una vuelta completa a la cinta transportadora antes de que su dueña le echara el guante. Para cazarla tuvo que clavar el codo en el hígado de un rubio lechoso que le obstaculizaba el paso y arremeter después contra un par de señoras de edad que, plantadas detrás, no parecían dispuestas a ceder un solo centímetro de su territorio para abrirle camino.

–Disculpen, disculpen –dijo con su mejor inglés mientras arrollaba con su maleta a las damas–. Realmente lo siento.

Las mujeres lo sintieron más: el empujón las desplazó hacia atrás y otros compañeros de vuelo ocuparon inmediatamente su parcela para estar más cerca de la cinta que sacaba los equipajes. Las damas miraron a Nuria con las pupilas despidiendo fuego. El hombre pálido dijo entre dientes algo poco cariñoso. Pero ella no prestó atención a ninguno de los tres. Ya se alejaba arrastrando su maletón.

–¡Pesa como un muerto! –exclamó, ahora en español porque hablaba sola.

Atravesar el aeropuerto y llegar a la terminal donde debía coger el tren para trasladarse al centro de Londres supuso un considerable esfuerzo, pero aún más duro fue cruzar el vestíbulo central de la estación Victoria en busca del metro, en dirección contraria a los miles de viajeros que se dirigían hacia los andenes al finalizar su jornada laboral. Nuria perdió la cuenta de los que chocaron con su maleta hasta que alcanzó las escaleras y pasillos del metro, inundados por otra multitud que iba y venía con prisa.

Cuando llegó al andén que le correspondía, vio la cantidad de ciudadanos que lo poblaban y supo que no iba a encontrar mucha colaboración. Así que decidió tomar posiciones cuanto antes.

En un par de metros se hartó de decir «lo siento, lo siento» para, centímetro a centímetro, conseguir su objetivo de avanzar con su maleta hasta la primera línea de espera. Pensaba que por ir cargada suscitaría algún respeto, como si la maleta fuese el embarazo ante el cual los demás viajeros debían mostrar su caballerosidad. Pero ése no parecía ser el día universal de la cortesía y los que tenía alrededor oscilaban entre la indiferencia y el fastidio por el bulto que ella acarreaba.

Por fin llegó el convoy y Nuria se preparó para entrar en él con el mismo ánimo con que se habría lanzado al abordaje de un galeón pirata. Pero el tren se lo iba a poner difícil: al detenerse los vagones, Nuria quedó en medio de dos puertas y la ventaja que había logrado al situarse en la primera fila se esfumó casi por completo.

En el flujo de los que entraban y salían, el espacio que quedaba para ella y su maleta era minúsculo, pero no cesó en su empuje hasta alcanzar la puerta. Otros a su lado desistieron, pero Nuria no. Ella empujó con el hombro, mientras la maleta barría todo el espacio a sus espaldas, hasta que alcanzó su objetivo: penetró entre las puertas cuando un silbato advertía que éstas iban a cerrarse. Y se cerraron más deprisa de lo que podía imaginar. Tanto que no tuvo tiempo de hacer hueco a su maleta entre las piernas de los viajeros que se apelotonaban en la entrada del vagón. Y cuando las dos hojas de la puerta confluyeron en el centro lo hicieron atrapando la muñeca de Nuria, mientras su maleta quedaba fuera, varada en el andén.

Nuria suplicó a gritos que tirasen de la alarma, pero los nervios y el susto le hicieron olvidar dónde se hallaba y lo exclamó en español. Como consecuencia, cuando las personas que podían haber accionado esa palanca supieron qué pasaba, el tren estaba más cerca de Green Park que de Victoria y ella no había tenido más remedio que soltar el equipaje para salvar su mano. Lo último que había visto, cuando el metro se ponía en marcha, era que un hombre de unos cuarenta y cinco años enganchaba su maleta en medio del pequeño revuelo que su caída originó en el andén. Nuria grabó su rostro en segundos, justo antes de que el convoy se perdiera dentro del túnel: era un hombre pelirrojo con gafas. Eso fue todo lo que vio.

En el breve recorrido hasta la siguiente estación, los londinenses con quienes compartía el vagón tuvieron oportunidad de conocer algunas de las palabras más gruesas del idioma español. El resto del pasaje no sabía si compadecerla o protegerse de ella. Estaba tan furiosa que quizá esperaban verla echar espuma y morder a todos a su alrededor.

Los viajeros se sintieron muy aliviados cuando Nuria descendió en la primera parada. Salió como una bala, arremetiendo contra todos los que esperaban en el andén. Sólo conservaba el bolso que llevaba en bandolera con la documentación, el dinero, la agenda, los «tampax» y otras cosas que solía llevar a mano. Cogió un tren de vuelta y al poco rato reaparecía en el andén de Victoria donde había quedado todo su patrimonio. Y allí había algún pelirrojo, pero no el que ella buscaba.

Preguntó a mucha gente. No parecía quedar ningún espectador de su infortunio. Habló con operarios del metro: ninguno sabía nada. No les habían entregado ninguna maleta. Nadie les había comunicado el incidente.

–Tendrá que preguntar en Objetos Perdidos, en el 200 de Baker Street –le dijo un trabajador del metro.

–No es un objeto perdido, ¡alguien lo ha cogido aquí! –matizó Nuria, pronunciando cada palabra como si estuviese en clase.

–Entonces pregunte a la policía –contestó el hombre con parecido énfasis–. El metro está lleno de ladrones.

No dijo más. Se dio la vuelta y pasó de seguir hablando. «El metro está lleno de imbéciles a sueldo», pensó Nuria. Veía claro que no iba a encontrar mucha colaboración. No podía hacer nada más. Regresó al andén de sus desdichas para seguir su ruta y, cuando apareció un nuevo convoy, pensó que le gustaría tener al pelirrojo delante para empujarlo a las vías.

■

No sabía si tenía más ganas de llorar o de pegar a alguien. Cualquier cosa que la desahogase. Hubiese sacudido al tipo grasiento que iba sentado leyendo *News of de world* sin pasar de la página tres, la de la chica desnuda con pechos que en vez de dos parecían cuatro. A uno que comía una hamburguesa, de la que escurría el ketchup, también le hubiese atizado con ganas. Lo que no encontraba era un buen hombro para llorar: un Harrison Ford, un Robert Redford sobre el que reclinarse para aliviar su pena. De esa especie no viajaba ni uno en el metro. Lo más cinematográfico que tenía a mano era un individuo con un cabezón parecido al de E.T. Pero eso no era suficientemente atractivo para echarse en sus brazos y gemir «mi casa, mi maleta, mi perra suerte». No merecía la pena echar por tierra tantos años de orgullo delante de una fauna semejante.

Le venían a la cabeza todas las cosas que había metido en la maleta: toda su ropa preferida, la lencería, los zapatos, las prendas de abrigo y la videocámara. Y entonces recordaba a su madre en casa, ayudándola a preparar el equipaje y repitiendo: «No te lleves la videocámara, a ver si van a quitártela».

«Mamá es gafe», pensó Nuria, convencida de que aquella advertencia había tenido algo de maldición. En otros viajes a Inglaterra le había hecho caso, pero esta vez no. Ahora iban a ser muchos meses. No sería uno de esos aburridos veranos como *au pair.* Ahora no dependería de ninguna familia, trabajaría en un hotel y sería independiente. Este viaje lo preveía más intenso y quería tener muchas imágenes que recordar. «Y ahora lo único que recordaré será la cara del que se ha quedado con mi maleta», pensó cuando su tren ya entraba en Camden Town. Allí desembarcó.

Su destino era el Hotel Lancashire, en Greenland Road, una pequeña calle no lejos del metro. Nuria lo encontró en seguida. Era un estrecho edificio de cuatro plantas. Lo que su madre hubiera llamado «un hotelito». Una cosa familiar. Nada que ver con los monstruos playeros.

A la entrada había una verja y una pequeña escalera, corta pero empinada. Nuria pensó que le habría costado subir su pesada maleta por esos escalones. Sabía que no se iba a quitar la maleta de la cabeza de ninguna forma. Se sentía como si le hubieran arrancado el brazo.

Entró. Le habían dicho que en el Lancashire trabajaba una chica española. Rogó que estuviese en la recepción para tener alguien con quien desahogarse. Pero en lugar de una mujer latina lo que vio tras el mostrador que encontró a la entrada fue un hombre sajón, pálido como un cirio y ceremonioso como un chambelán de la corte.

–Buenas tardes, señorita. ¿En qué puedo servirla?

Nuria aclaró que quien llegaba para servir era ella. Eso cambió mucho la actitud del conserje. No era lo mismo recibir a una clienta que a una empleada.

–Así que es usted la señorita que estábamos esperando –dijo el hombre–. Ya la echábamos de menos. Toda ayuda es bienvenida.

Nuria no estaba para cumplidos. Tenía otras preocupaciones más urgentes.

–Me dijeron que había otra chica española trabajando aquí, ¿es verdad?

–Sí, es verdad. La señorita Elena.

–¿Puedo verla?

Tenía prisa por desahogarse y más aún por comprobar si su compatriota usaba una talla aproximada a la suya para pedirle alguna prenda prestada. Aunque sólo fuese una braguita. Algo que la sacase del apuro.

–La señorita Elena ha salido. Supongo que volverá cuando cierren los pubs. Ahora acompáñeme. La conduciré a la habitación que compartirá con ella.

El hombre salió del mostrador de recepción para guiar a Nuria y entonces se percató de que la chica llegaba con lo puesto.

–¿Y su equipaje?

–No tengo equipaje. Lo he perdido.

El recepcionista no se extrañó.

–Es típico de los aviones. Aparecerá mañana en Frankfurt o en Singapur, quién sabe, y aún tardará tres o cuatro días en tenerlo aquí. He visto el mismo caso en muchos clientes.

«Ojalá estuviera en Singapur», pensó Nuria, pero no dio más explicaciones. Dijo que sí, que esperaba que se lo devolviesen y que estaba muy cansada, que le enseñase su habitación y ya seguirían hablando mañana.

El hotel respiraba un aire de tranquilidad mortal. Como si no tuviese más habitante que aquel tipo de la recepción. Cuando el hombre condujo a Nuria por un pasillo enmoquetado, pasaron junto a un salón donde se veía a dos personas sentadas leyendo periódicos y después otro saloncito donde se oía tenuemente el sonido de un televisor.

Al final del pasillo, tras pasar junto a la puerta del ascensor, descendieron hacia donde olía a almacén y cocina.

–Yo me llamo Chapman, Timothy Chapman –pronunciaba enfáticamente para que a Nuria no se le escapase una sílaba–. El gerente es el señor Peebody...

–Lo sé, el señor Nicholas Peebody –le interrumpió Nuria, que ya conocía el nombre de su jefe.

–Exacto. El señor Peebody me advirtió de su llegada. Ahora no está, pero por la mañana le explicará cuáles son sus obligaciones.

«Limpiar, hacer camas, recoger las habitaciones y echar una mano en la cocina o en cualquier otro servicio», repasó mentalmente Nuria. En la agencia que le había encontrado el trabajo se lo habían explicado bien. Lo habitual en estos casos. La mitad de los hoteles de Londres se nutrían de españolas que estaban aprendiendo inglés. Futuras profesoras, azafatas, economistas, periodistas y otras vocaciones variadas perfeccionaban el siempre exigente escollo del idioma extranjero a base de orear sábanas y sacudir almohadones.

Chapman se detuvo en medio del pasillo del sótano y abrió una puerta.

–Ésta es su habitación. Suya y de la señorita Elena, por supuesto.

A Nuria no le pareció la suite imperial, pero tampoco era un calabozo. Tenía el aspecto de cualquier otra habitación de hotel, aunque ésta se hallaba por debajo del nivel de la calle y no tenía más vista que un muro gris.

–Si tiene alguna duda, llámeme– se despidió Chapman.

Al quedarse sola en la habitación, Nuria corrió las cortinas, ojeó el interior del cuarto de baño y revisó el armario. Eso fue lo mejor: se puso por encima algunas prendas de las que colgaban en las perchas y le pareció que podían servirle. Por lo menos tendría algo que pedir prestado. Después enchufó el televisor, saltó de canal en canal sin prestarles mucha atención, dio varios botes sobre el colchón para comprobar su textura, se tumbó y, agotada por el viaje y por los disgustos, se quedó dormida.

■

Nuria no soñó nada memorable. Se le apoderó el hambre. Aunque su mente seguía supuestamente atormentada por el reciente trauma, el estómago pudo con mucho al subconsciente y en lugar de ver imágenes de maletas voladoras en manos de pelirrojos sanguinarios lo único que proyectaron sus sueños fueron filetes con patatas y grandes cuencos de arroz con leche.

Las tripas le sonaban como cañerías absorbiendo el agua del fregadero, pero no fue ese sonido lo que le hizo despertar. Nuria abrió los ojos al sentir que se movía la puerta; en el momento que Elena, que era quien llegaba, entró y la volvió a cerrar. Ahí fue cuando los párpados de

Nuria respondieron a la llamada del ruido y se abrieron de golpe para indagar qué pasaba. Y lo que pasó fue que la recién llegada notó que la había despertado e hizo lo que pudo por remediarlo.

–Duerme, duerme, que estarás cansada –dijo Elena casi susurrando.

Nuria dijo algo inconexo, algo como preguntar la hora y presentarse al mismo tiempo, mientras tomaba nota de los rasgos de su compañera de cuarto: una chica de su edad, con el pelo negro y corto, cara de sueño y un anorak grande de uno de cuyos bolsillos extrajo una lata que le tendió inmediatamente.

–¿Una cerveza?

Elena había cargado con un par de latas al salir del pub. Sabía que al llegar al hotel tendría visita y era su forma de darle la bienvenida.

Nuria observó la lata concentrando la vista, como si mirase a través de un telescopio.

–Bueno –la cogió mecánicamente–; creo que tendría que comer algo.

Elena le dijo que tirara de la anilla sin ningún problema: el asunto alimenticio estaba resuelto. Abrió la puerta de la mesilla que estaba entre las dos camas: dentro había un montón de bolsas de plástico que rivalizaban por el título de «la bolsa más chillona del universo». Las había verdes, amarillas, naranjas y moradas, con diferentes franjas de diferentes verdes, amarillos, naranjas y morados. Todas muy brillantes, como si en vez de contener hidratos de carbono contuvieran fuegos artificiales.

–Tienes patatas con sabor a barbacoa, patatas con sal y vinagre, patatas con sabor a cebolla, patatas con sabor a bacon, con sabor a queso... ¿cuál te apetece?

A Nuria le apetecían las patatas con sabor a patata, pero eso quizá era demasiado pedir. Dijo que le daba igual, que la primera que pillase. Y le tocaron las patatas con sal y vinagre. «El aroma del imperio», pensó Nuria mientras mordía una de ellas y por el olfato le entraba en la memoria el olor rancio de los establecimientos de «fish and chips».

Nuria y Elena compartieron el bote de cerveza y entre trago y trago intercambiaron los nombres, el origen y cuatro detalles básicos para elaborar un currículum de urgencia, algo fundamental entre dos desconocidas que en adelante compartirían techo. Cuando estaban plenamente identificadas, Nuria largó el drama de su maleta y solicitó de Elena alguna prenda para salir del paso.

–¡¿Quieres decir que lo has perdido todo?!

–Menos lo que llevaba en el bolso: la documentación, el dinero, los tampones...

–Eso viste bien poco. Algo te podré dejar.

–Creo que tenemos tallas parecidas.

–Más te vale.

–Cuando me paguen compraré algo de ropa; eso si no he encontrado antes la maleta.

–Eso va a ser más difícil.

–Tengo que encontrarla como sea. Por mis cosas y por la videocámara de mi padre. Si no la encuentro, me la hará pagar. Y vale una pasta.

–Podías haber traído una cámara de fotos, como todo el mundo.

–Es que lo mío es el cine.

–Pues no sé qué clase de películas pensabas rodar aquí.

–Algo haría. Cuando encuentre la maleta te lo demostraré. Porque pienso encontrarla. Si no aparece en objetos perdidos, buscaré al tipo que me la quitó.

–¿Cómo? ¿Vas a preguntar a todo el que pase por el metro si tiene tu maleta?

–La gente que coge el metro es de costumbres fijas: todos los días a las mismas horas en la misma estación. Si me planto en el andén donde me pasó, tarde o temprano lo descubriré.

–¿Y le reconocerías?

–Seguro. Era un hombre de mediana edad, con el pelo rojizo y con gafas.

Elena quedó impresionada por la descripción.

–¿Tenía la cara pálida y llevaba una americana o una cazadora oscura?

–Creo que sí –respondió Nuria–. ¡¿No me digas que le conoces?!

–Con esas señas conozco a unos doscientos mil tipos en Londres. Puede que más. Si le pides diez peniques a cada inglés con ese aspecto, te puedes comprar media docena de cámaras de vídeo.

Nuria no se desanimó. Dijo que hay cosas que no se olvidan, que aunque su maleta se hubiese quedado en manos de un chino sería capaz de reconocerlo entre mil millones de chinos. Lo dijo estrujando la bolsa de patatas que acababa de terminar, para que Elena notase la fuerza de su convicción. Pero lo que Elena notó fue que había devorado las patatas en cinco minutos y le ofreció otra bolsa. Ésta era con sabor a barbacoa. Nuria dudó un momento antes de aceptarla, pero finalmente picó.

–Luego me arrepiento de hincharme de patatas –dijo mientras abría la bolsa mecánicamente–. ¿Qué tal se come en el hotel?

–No sirven comidas ni cenas, sólo desayunos y tés, todos los tés que quieras, con pastas o con un bocadillo, pero nada más. O sea, desayunos y meriendas. Los desayunos están bien. Si te gustan los huevos fritos y el té, los desayunos son estupendos. Pero si te gusta el café más vale que bebas el agua de la fregona. Lo que hacen aquí tiene un color parecido y sabe como si bebieses en un zapato.

Elena ponía cara de indigestión mientras explicaba la calidad de los bebedizos que servían en aquel establecimiento. Un mes allí había sido suficiente para hacerle renunciar a un hábito tan arraigado como el café matinal. Ya se había acostumbrado al té con leche, los huevos fritos con puntillas, el bacon ahumado y las judías estofadas con tomate que también figuraban como alimento opcional en los desayunos.

Elena había llegado a la conclusión de que un estómago acostumbrado a las judías desde por la mañana tenía que convertirse a la fuerza en un estómago a prueba de bombas. Y eso venía muy bien para soportar las otras cosas que debía meterle de acuerdo con sus hábitos y su presupuesto: hamburguesas de vacuno que quizá fuera perruno o de cualquier otro origen incierto, donner-kebabs pringosos cortados en ronchas y metidos dentro de un pan ázimo con berza avinagrada de guarnición, rollitos de primavera rellenos con verduras recolectadas en China en tiempos de los emperadores, pizzas acartonadas que al enfriarse alcanzaban la misma textura que un neumático Michelin, trozos de bacalao rebozado fritos en un aceite con olor a cera de depilar, pollo estilo Kentucky con muslos gomosos como chicle, cosas así. Todos los establecimientos de «comida para llevar» de los alrededores tenían un sello inconfundible: su extraordinaria capacidad para reducir a la categoría de bazofia cualquier clase de gastronomía nacional, sin distinción de procedencia, razas, religiones ni nada de nada. Orientales o europeos, daba igual. Todos parecían haber descubierto una nueva nacionalidad gastronómica: el take-away, la patria del listo para llevar, un nuevo sabor por encima de las fronteras nacionales.

Las dos sabían perfectamente que Londres no era un lugar que congeniase con las papilas gustativas. Con sus condiciones y su presupuesto, sólo se podía llegar a Londres con ánimo de masticar por disciplina, nunca por placer.

Nuria y Elena liquidaron la otra lata de cerveza dando un repaso a cosas del hotel que la recién llegada empezaría a disfrutar en pocas horas. Con el último trago ya se conocían un poco y había suficiente confianza para confesar que estaban rendidas. Quince minutos después, tras encontrar una especie de camisón para Nuria y un cepillo de dientes que Elena juró no haber usado nunca –era mentira–, ambas se quedaron dormidas y sustituyeron la conversación por un rítmico intercambio de respiraciones.

II

Un coche de un modelo considerablemente anticuado, muy voluminoso y de un color negro sin ningún brillo, se detuvo en la puerta de la Embajada de España en Londres. Por el aspecto del vehículo lo más normal hubiese sido que de su interior descendiese un féretro, pero sólo se trataba de un taxi y quien bajó, tras abonar la carrera, fue un hombre de unos cuarenta y cinco años, un pelirrojo con gafas que arrastraba una pesada maleta.

Aparte del peso de la maleta, el pelirrojo Jeremy Quarryman andaba fastidiado porque después de mucho tiempo sin coger un taxi había olvidado lo caros que podían ser. Él siempre viajaba en metro, pero ya le había resultado bastante incómodo hacerlo la tarde anterior con semejante maleta a cuestas y prefirió no repetir el sufrimiento cuando se acercó a cumplir con la sagrada misión que se había impuesto: poner la maleta en manos de la Embajada española, puesto que de España era la dirección que figuraba en la tarjeta que colgaba del asa.

A Jeremy Quarryman, un honrado oficinista que volvía a casa después de hacer unas horas extras de ésas que su empresa rara vez pagaba, se le vino encima la maleta cuando las puertas del metro se cerraron sobre el brazo de la chica que la llevaba. Unos segundos antes de que eso ocurriera, Quarryman había pensado que aquella chica estaba loca por intentar meterse a presión en un vagón que ya iba atestado de viajeros. Lo que pasó después confirmó sus temores y, en medio del revuelo que se armó en el andén, él se encontró de repente sujetando la maleta y con la responsabilidad de qué hacer con ella.

Su primer impulso, y la sugerencia que escuchó de otros compañeros de andén, fue dejarla a cualquier trabajador del metro. Pero a continuación pensó que muy probablemente la chica descendería en la siguiente estación y desde allí haría gestiones para recuperarla. Entonces lo más fácil para quedar como un caballero era coger el siguiente tren y entregarle la maleta en Green Park, la siguiente parada.

Lo comentó con la gente que estaba alrededor y un tipo dijo que, de haberla cogido él, la habría tirado a la vía.

–Así aprendería a no coger el metro empujando –dijo el viajero vengativo.

Pero Quarryman llevaba un caballero andante en su interior y desaprobó el comentario. Él no había diferenciado el empujón de Nuria de cualquiera de los cientos que padecía en el metro. Ahora se sentía más obligado a poner la maleta en buenas manos.

Quarryman sudó lo suyo para meterse en el siguiente convoy y luego sudó más, cuando llegó a Green Park y no había rastro de la chica por el andén ni los empleados del metro sabían nada al respecto. Podía haber dejado la maleta allí para que la trasladaran a objetos perdidos, pero Quarryman desconfiaba del trato que le darían. El tipo del metro con el que habló no le inspiraba ninguna confianza. Llevaba un pendiente, tenía bigote y lucía un tatuaje en el brazo derecho. El bigote se lo podía perdonar, incluso el pendiente, pero Quarryman no se fiaba de los tipos tatuados. Era una cosa visceral. En su código personal, los tatuajes estaban emparentados con las malas costumbres.

Quarryman tomó la decisión heroica de encargarse personalmente de que aquella chica recuperara su maleta, aunque eso le obligase a realizar alguna gestión. Con su filosofía de cristiano y *boy scout,* una buena acción de ese tipo siempre le reportaría alguna recompensa, aunque sólo fuese de orden moral.

Con ese convencimiento llegaba a las puertas de la Embajada española, incómodo por el bulto, pero satisfecho de sus actos, convencido de obrar del mejor modo posible y barruntando los elogios que merecería su acción por parte del personal de la Embajada. Si es que había personal en aquella legación, porque al tercer timbrazo todavía no le había contestado nadie.

Quarryman se echó unos metros hacia atrás para mirar por encima de la tapia y observar si había algún movimiento detrás de las ventanas. Allí lo único que se movía era la bandera que pendía de un mástil instalado en la parte alta del palacete diplomático. Por lo demás, ningún signo de actividad. Pero Quarryman no tenía noticias de que se hubieran roto las relaciones con España, luego el edificio debía de tener alguna utilidad y, por tanto, algún habitante.

Volvió al timbre situado entre el gran portón metálico y otra puerta más pequeña y lo pulsó insistentemente. Por fin, tras el eco de un timbrazo, escuchó pasos y una voz que decía algo ininteligible al otro lado. Poco después se abrió la puerta pequeña y asomó por ella un hombre moreno, con cara de sueño, que se sujetaba los pantalones mientras hacía esfuerzos por hablar en un inglés con acento cavernícola.

–La Embajada está cerrada –dijo el hombre–. ¡Ce-rra-da! Vuelva diez en punto. ¡Diez en punto! ¿O.K.?

Quarryman miró su reloj: aún no eran las nueve. No podía ser cierto que en Londres hubiese un solo despacho inactivo a esas horas. Quarryman olvidaba que la Embajada era oficialmente territorio español.

–Escúcheme –dijo ceremoniosamente–. He venido a devolver esta maleta perdida por una señorita española. Mire, aquí lo pone: el nombre, la dirección... una señorita española la perdió ayer en la estación Victoria. Sólo quiero devolver la maleta.

El tipo de la puerta le miró con cara de infinito fastidio.

–Embajada abre diez en punto. ¡Diez en punto! ¿O.K.? –repitió.

–Sólo quiero devolver la maleta –insistió Quarryman, aunque empezaba a dudar de la capacidad de comprensión de aquel individuo.

–Yo soy el jardiniero. El jardiniero... ¿entiende? El jardiniero no coge maletas. Vuelva diez en punto.

Quarryman, en sus trece, que le dejaba allí la maleta y que, por favor, se la devolviesen a su dueña. El jardinero murmurando en español «la leche, qué pesados son estos ingleses» e intentando explicarle en su inglés primario que no podía quedarse con la maldita maleta.

A Quarryman se le empezó a esfumar la flema cuando comprendió que discutir con ese jardinero incomprensible era tan útil como hacerlo con la tapia. Justo antes de que se le escapara alguna palabra inconveniente, el guardián-jardinero repitió que volviera a las diez en punto y le dio con la puerta en las narices. Quarryman se sentía como la «kettle» donde calentaba el agua para el té: sólo le faltaba un poco más de combustión para silbar y echar humo. Tuvo la tentación de dejar la maleta en la puerta y marcharse, pero recapacitó, pensó que la joven que la había perdido no tenía la culpa de la incompetencia de sus representantes en Londres y, aunque fuese por pura obstinación, se sentó encima de la maleta y decidió que no se movería de allí hasta que un responsable de aquella delegación española acogiera la maleta como se merecía.

■

Nuria aún tenía el estómago vacío cuando se entrevistó con el gerente. Apenas le había dado tiempo a asearse y decidir, junto con Elena, qué ropa de su compañera podía ponerse, cuando sonó el teléfono de la habitación. Era Peebody. Le daba la bienvenida y le rogaba que pasara por su despacho con el pasaporte o el carnet de identidad. Elena dijo que la esperaría en la cocina.

Peebody tenía el despacho al final del mismo pasillo donde dormían Nuria y Elena. En realidad, llamar despacho al cuartillo donde el gerente resolvía su papeleo era demasiado rimbombante. A Peebody le bastaba con una pequeña habitación y una mesa para hacer sus cuentas. Después de todo, el Lancashire no era el Hilton.

Cuando Nuria se asomó a aquel rincón apenas entrevió a Peebody volcado sobre la mesa, tomando notas. No había más luz que la que entraba por la ventana y eso, estando bajo el nivel de la calle y a primera hora de la mañana, no era mucha iluminación.

Aquel tipo ya madurito, vestido de oscuro, apenas visible en la penumbra, le pareció un contable del siglo XIX, recién salido de un cuento de Dickens.

–Siéntese, siéntese, señorita –dijo Peebody.

Nuria ocupó la única silla disponible. Peebody cruzó

sus manos encima de la mesa y se la quedó mirando. Le pidió que le dijera cómo se pronunciaba correctamente su nombre y cuando lo supo decir le explicó cuáles eran sus obligaciones, los horarios, el sueldo y las normas de conducta que debía respetar mientras estuviese en el Lancashire.

–Los empleados no pueden recibir visitas en sus habitaciones –dijo Peebody después de carraspear.

Nuria captó perfectamente que se refería a la prohibición de llevar amigos a dormir. Pero eso se lo explicaría mejor Elena.

Nuria aceptó todas las indicaciones de Peebody sin poner ninguna objeción ni pedir aclaraciones. Estaba deseando terminar cuanto antes y marcharse a desayunar.

Peebody pensó que aquella chica era poco comunicativa y demasiado seria para ser española. O tal vez su inglés era peor de lo que pensaba y por timidez no abría la boca. Casi mejor, porque así seguiría con sus cuentas. Entonces carraspeó otra vez, le indicó a Nuria que durante los primeros días se pegase a Elena e hiciese lo que ella le mandara y después la despidió, algo que Nuria agradeció enormemente porque ya empezaba a sentir claustrofobia en aquel cuartucho.

Cuando llegó a la cocina, Elena mojaba pan integral en la yema de un huevo que ocupaba casi todo el plato. De pie, agarrada a una sartén donde crepitaba otro huevo de parecido tamaño, había una mujer rolliza con un gorro en la cabeza, una bata blanca y un cigarrillo entre los labios. Tendría unos cincuenta años. Elena le presentó a la recién llegada.

–Mira, Doris, ésta es Nuria.

Nuria le dio los buenos días. Doris soltó la mano de la sartén, se quitó el cigarrillo de los labios y al sacudirlo algunas briznas de ceniza volaron hasta el huevo frito.

–Hola querida, ¿lo has pasado bien con Peebody? A lo mejor se te han quitado las ganas de comer después de verle. Yo cuando veo a ese bastardo no tengo ganas de comer, tengo ganas de vomitar.

Doris soltó una risotada. Nuria sólo la había entendido a medias. La cocinera hablaba deprisa y con acento de trabajador portuario.

–No te preocupes, querida –siguió Doris–. ¿Quieres un huevo? ¿O quizá prefieres una buena salchicha?

Doris volvió a reírse y le dio un acceso de tos. Mientras se retorcía por la explosión bronquial, Elena le hizo un gesto a Nuria para que se sentara y le susurró en español: «No le hagas caso, siempre está igual».

Nuria no sabía si quería decir que siempre estaba tosiendo con esa virulencia, en cuyo caso debía preocuparse seriamente por su salud, o si siempre estaba haciendo el gamberro, lo cual, tratándose de una cocinera, podía ser preocupante para la salud de los demás. Y aparte de cavilar sobre Doris, aceptó el huevo, no dijo nada de la salchicha, preguntó si podía tomar una taza de té y agarró una tostada sin pedir permiso a nadie para untarla de mantequilla e ir matando el gusanillo.

Nuria comentó brevemente su encuentro con Peebody, sin muchos detalles. De los detalles se encargaba Doris.

–Ese maldito hijo de una mula y un buitre ya tiene otra esclava para su sucio burdel –dijo Doris mientras encendía otro cigarrillo.

A Nuria ya no le cabía ninguna duda de que la antipatía de Doris por Peebody era totalmente sincera y probablemente estaba fundada en algo más que en meros problemas salariales.

–Doris lleva aquí veinte años –explicó Elena.

–Veinte años haciendo huevos fritos y aún no he pasado a Peebody por la sartén –dijo Doris mientras se secaba las manos con un trapo.

Nuria comprendió que dos décadas cundían ampliamente para alimentar la inquina por un jefe. Ella no pensaba pasar mucho tiempo en el Lancashire, aunque en realidad para cogerle manía a alguien bastaban cinco minutos. De momento, Peebody no la había impresionado tanto. Quien sí la impresionaba era Doris, una mujer de edad parecida a la de su madre, pero con notables diferencias: si su madre la oyese hablar y la entendiera, se haría cruces con la primera frase, se sofocaría al segundo insulto y caería desplomada de espanto tras la tercera barbaridad. Doris tenía la lengua ágil como un látigo y sucia como todo un estadio saludando al árbitro, siempre dispuesta a lanzar un dardo para definir aquel hotel como una casa de citas y a su gerente como la peor de las ratas de alcantarilla. Una mujer encantadora.

Con una conversación tan apasionada, el desayuno se les pasó volando y la propia Doris se encargó de recordar que era momento de volver al tajo.

–Ya podéis ir a barrer condones debajo de las camas.

Nuria y Elena no necesitaban mayores alicientes para ponerse inmediatamente a trabajar.

■

Quarryman comprobó que «en punto» no significaba para un jardinero español lo mismo que para un oficinista inglés. A las diez en punto nadie respondió desde el edificio diplomático a su insistente llamada. Sin duda el jardinero sabía de quién se trataba y hacía oídos sordos a sus timbrazos. Diez minutos después, cuando el paciente Quarryman ya pensaba que no sería mala idea organizar un incidente diplomático a costa de estrangular a un operario hispano, se plantó ante la Embajada un Vauxhall gris, pequeño, conducido por una mujer que hizo sonar el claxon. Inmediatamente, movido a distancia por algún resorte, el gran portón comenzó a abrirse lentamente. Quarryman supo que ésa era su oportunidad. No lo pensó dos veces: enganchó la maleta y se metió en el patio de la Embajada detrás del coche. Era, con seguridad, el movimiento más audaz que había realizado en su vida. El rato de espera le había convertido en un hombre mucho más osado de lo que tenía por costumbre. Él mismo pensó lo mucho que estimulaban las dificultades. Quarryman jamás había encontrado tantos obstáculos para ser una buena persona.

La conductora no se percató de la maniobra del intruso hasta que vio salir a Manuel, el portero-jardinero-guardián de la Embajada, que caminaba haciendo aspavientos.

–¡Será pesado el tío de la maleta! –gritaba en español.

Cuando Manuel se ponía nervioso era incapaz de articular una sola palabra de su escasísimo inglés. Quarryman, por su parte, todo lo que sabía en español era el nombre de algunos futbolistas, y eso no daba para una discusión muy larga. Cuando Manuel le abroncó diciéndole que no se podía entrar así en los sitios, que tenía que esperar a que abrieran la oficina, que se iba tragar la maleta y alguna cosa por el estilo, Quarryman no entendió nada y se mostró imperturbable. Por fortuna para los dos, Trini, la funcionaria que acababa de aparcar su coche, llegó corriendo para poner paz e interesarse por el incidente.

Cuando Trini consiguió que Manuel se calmara y le contuvo para que no sacara al inglés a rastras, la funcionaria pudo enterarse por fin de lo que pretendía Quarryman. Entonces casi se arrepintió de haberle coartado la iniciativa a Manuel porque ella desconocía lo que debía hacer en semejante situación.

–Así que la maleta es de una chica española –dijo Trini por decir algo, por ganar tiempo para pensar.

–Así es –contestó Quarryman–. Aquí lo pone.

–Ha sido usted muy amable trayendo la maleta.

–Era mi obligación.

–Claro, claro.

–Ustedes encontrarán fácilmente a su dueña.

«Éste se ha creído que somos una estafeta de Correos –pensó Trini–, sólo nos faltaba tener que preocuparnos del equipaje de todos los turistas que llegan a Londres.»

Si no le hubiese dicho que llevaba más de una hora esperando, Trini le habría sugerido que acercase la maleta a Objetos Perdidos y que se olvidara del asunto. Pero tras la demora y la bronca de Manuel, la funcionaria sufrió un ataque de pudor. «Menuda fama nos va a poner si ahora no le cojo la maleta», pensó Trini. Entonces decidió que lo mejor era quedarse con el bulto. Ya tendrían tiempo después de pensar qué hacían con él.

Trini pidió a Jeremy Quarryman que la siguiera y le condujo al negociado de la Embajada. En ese momento empezaban a llegar más coches.

Encendió las luces, pidió a Quarryman que se sentara y le dijo que esperase cinco minutos. Quarryman obedeció.

Mientras Trini se encerraba en el baño para maquillarse un poco –nunca lo hacía antes de salir de casa–, Quarryman vio llegar a varios funcionarios de distinto rango que empezaban a incorporarse al edificio. Todos parecían sorprendidos de verle sentado allí, junto a la maleta, pero nadie le preguntó nada. Se limitaron a darle los buenos días antes de ocupar sus despachos. Trini tardó algunos minutos más de los cinco que había prometido. Exactamente el triple. Quarryman había dado por perdida la mañana, así que un cuarto de hora más esperando ya no era cosa que pudiera asustarle. Además, a diferencia del malencarado portero, la funcionaria volvió radiante después de hacerle esperar.

–Perdóneme. Lo siento de veras, pero tenía que resolver algo urgentemente –dijo Trini.

Lo que había resuelto estaba a la vista en forma de una compacta capa de polvos de maquillaje y otros llamativos detalles como un carmín color cereza y una sombra de ojos levemente azulada. Quarryman pensó que en vez de recoger la maleta iba a sacarle a bailar.

–Bueno, vamos a ver esa maleta –dijo Trini, sentándose a la mesa junto a Quarryman–. ¿Dónde la encontró?

Jeremy contó la historia del metro. Trini pensó que aquel hombre era un santo o un loco. Después observó el bulto, comprobó que figuraban un nombre y una dirección españolas y lo tanteó comprobando su peso.

–No parece el equipaje de un turista de fin de semana –dijo Trini.

–Exacto. Eso mismo pensé yo. Es la maleta de alguien que viene a pasar una larga temporada, y si viene a pasar varios meses lo normal es que esté en contacto con la Embajada, ¿no es así?

Trini cabeceó, sonriente, sin decir ni sí ni no. No le apetecía explicarle que en Londres había miles de españoles, empleados en las más diversas ocupaciones, que pasaban largas temporadas para aprender inglés. Y ni uno de ellos se acercaba jamás por la Embajada a no ser que tuviera un accidente o algún conflicto legal. No los tenían controlados. Aunque Trini pensaba que tampoco sería tan difícil devolver la maleta, y en cualquier caso no perdía nada por prometerle a aquel hombre que así lo harían.

–No se preocupe, que arreglaremos este asunto.

Trini pidió a Quarryman su nombre y su dirección, por si la dueña de la maleta quería ponerse en contacto con él para agradecerle su gesto. Anotó sus datos en el revés de una tarjeta de las que tenía sobre la mesa, escribió debajo con mayúsculas «el hombre de la maleta», para recordar quién era y la guardó mecánicamente en su bolso. Después lo acompañó a la calle para evitar que se cruzara con Manuel y reanudaran las hostilidades. Trini despidió a Quarryman efusivamente, agradeciéndole sus desvelos. Jeremy enrojeció ligeramente. Le quitó importancia. Dijo que cualquiera hubiese hecho lo mismo, aunque también pensaba que de haber imaginado el tiempo que iban a hacerle esperar hubiese tirado la maleta a la vía del metro. Eso no lo contó. Se marchó un poco más templado y medianamente feliz.

Cuando Trini volvía al interior de la Embajada, se cruzó con dos compañeros que salían a tomar un café. Eran casi las once, una hora perfecta para el primer descanso de la mañana. Trini aceptó su invitación, pero antes pidió a Manuel que recogiera una maleta que había junto a su mesa y la guardara en el almacén del sótano. Ésa fue la última vez que Trinidad Monsalve, Trini, se acordó de aquella maldita maleta.

■

Nuria se miró en el espejo y trató de sacarse parecidos. Con cofia, con unos kilos de más, mucho más morena y repitiendo «¡señorita Escarlata, señorita Escarlata!» se daría un aire a la chacha negra de *Lo que el viento se llevó*. Aunque por otra parte, la bata que le pasó Elena, una bata azul tirando a gris que sacó del cuarto de la limpieza, casi era mejor para el papel de presidiaria que para el de criada.

–No dirás en serio que tenemos que ponernos esto –dijo, observando el modelito como si mirase una silla eléctrica.

–No hay otra cosa y a Peebody no le gusta que se hagan las habitaciones con ropa de calle –contestó Elena.

–Pero esta bata es más fea que un sudario. Si le pones esto a un muerto se levanta del susto.

–No hay otra cosa.

–Pues que la compren.

–Doris amenazó a Peebody con un cuchillo para que le comprase ropa nueva para la cocina. Si quieres podemos hacer lo mismo con el aspirador. Le decimos a Peebody que si no nos compra batas nuevas le metemos el aspirador por el trasero y le sacamos los intestinos, ¿quieres?

Nuria miró a Elena como si acabase de descubrir al estrangulador de Rillington Place. Cuando la invitó a cerveza no le pareció la clase de persona que guarda en su interior impulsos criminales. Y lo del aspirador era refinadamente cruel.

–Me parece que yo soy demasiado nueva para amenazar a nadie –dijo Nuria arrepintiéndose de sus reticencias.

–Pues entonces ponte la bata y vamos a hacer camas. Cuanto más fea estés, menos te mirarán los clientes. Es lo mejor. Así no tienes que soportar a ningún moscardón.

Nuria no había pensado dedicarse a las conquistas amorosas durante sus horas de trabajo, pero tampoco le parecía necesario convertirse en un espantajo. «Soy la señora de la limpieza, soy la señora de la limpieza, soy la señora de la limpieza...», repitió Nuria mentalmente para aceptarse dentro de aquella bata de dependiente de ferretería recién salido de una película en blanco y negro.

–No te queda tan mal –dijo Elena para animarla.

–A ti tampoco. Simplemente pareces Juana de Arco vestida para llevarte a la hoguera.

No era del todo cierta la apreciación de Nuria. Resultaba difícil parecerse a Juana de Arco con el aspirador en la mano, como estaba Elena en ese momento. Con el aspirador y con el carrito con las cosas de limpieza que empujaron camino del ascensor, para después detenerse en la planta a nivel de la calle a recoger llaves e instrucciones en la recepción.

La parada permitió a Nuria conocer a un nuevo habitante de aquella mansión: Herbert Meredith, otro recepcionista.

Meredith parecía un poco más joven que el resto de la plantilla que había conocido en sus pocas horas allí, pero al igual que los demás, al igual que Peebody, Chapman o Doris, Nuria apreció en él un inconfundible aroma rancio que sin duda era marca de la casa.

Herbert Meredith estaba a punto de cumplir los cuarenta y ya no quedaba en él ningún rastro de rebeldía juvenil. Pulcramente vestido, con el pelo engominado y unas gafas de pasta que podía haber heredado de su padre, Meredith no se estremeció lo más mínimo cuando Elena le presentó a Nuria. Y tampoco hubiese puesto más interés de haberla visto sin la bata.

–Hay que cambiar las sábanas de la 112, la 210, la 212, la 304 y la 316 –dijo Herbert Meredith tras el saludo protocolario–. El resto, sólo hacer las camas y limpiar. En la 218 hay un viajante de Sheffield que llegó de madrugada y estará durmiendo. Nada de ruidos en esa zona.

Meredith hablaba como un oficial leyendo el parte del día. Serio y lacónico, Nuria trató de imaginarse a este sujeto dialogando con Doris. La cocinera era como una guindilla y el recepcionista parecía un repollo. Doris era puro picante y Meredith era espeso y soso. Cuando acabó de darles las instrucciones y se encaminaron hacia el ascensor para empezar la faena, Nuria hizo partícipe a Elena de sus impresiones.

–Si quitas a Doris, este hotel parece un desfile de momias.

–Por lo que he sabido, aquí sólo se renuevan las chicas

de la limpieza –contestó Elena–. Siempre españolas. Entre estudiantes y no estudiantes, nunca les falta cantera. El resto son fijos y no desaparecen hasta que se jubilan.

–Y con el tiempo se van volviendo rígidos como los muebles. ¿No es eso? Se acostumbran a la rutina y se les queda esa cara de aburridos.

–Bueno, un hotelito en Camden no es como un hotel de la costa. Esto es mucho más tranquilo.

–Sí, como un cementerio.

–Más bien como un balneario, sólo que en vez de viejos vienen turistas, viajeros de provincias, representantes comerciales y gente así.

–Pues Doris lo pintaba como una casa de citas.

–Todos los hoteles son casas de citas. Eso es normal. Es lo que se llama el cliente de tarde. Viene con su pareja, utiliza la habitación y se larga antes de la cena. Eso pasa en todos los hotelitos de ciudad. Son ideales para los amantes.

–¿Ésos son los que dejan los condones debajo de la cama?

–Eso es lo que dice Doris, pero yo no he visto ninguno.

–Menos mal.

–Peor sería que hubiese ratones.

–No sé qué decirte.

En el fondo de su corazón, Nuria pensaba que cualquier ratón que las viese con semejantes batas huiría despavorido, mientras que era muy dudoso que se escapase por su propio pie un preservativo usado, por muy vivos que estuviesen aún sus espermatozoides.

■

Por más que el agregado cultural se esforzaba en describir las bondades del cine de Buñuel, el embajador español no veía otra cosa en su cabeza que las piernas de Trini, los labios de Trini, los cabellos de Trini, las caderas de Trini, todos los perfiles y todos los volúmenes de su adorada Trini. No era porque Adolfo Salmerón, un funcionario gris y lacónico, estuviese siendo más aburrido de lo normal. Simplemente al embajador le costaba concentrarse en las bondades fílmicas de *Viridiana* cuando tenía su cabeza completamente ocupada por las bondades curvilíneas de la funcionaria, con la que había estado retozando la noche anterior en una de sus cada vez más frecuentes citas clandestinas.

–Buñuel es un autor de gran impacto –decía Salmerón.

–Sin duda, Adolfo, sin duda –contestaba el embajador maquinalmente.

–Además el ciclo nos sale muy barato. Nosotros suministramos las películas y la Universidad de Birminghan corre con todos los gastos.

–Eso está bien, Adolfo, eso está bien. El Ministerio quiere que ahorremos.

–¿Entonces les digo que sí?

–Sí, claro, la Embajada colaborará con ese ciclo. ¿Alguna cosa más, Adolfo?

–Aún no sabemos qué ministro vendrá a la inauguración de la gran exposición de Goya.

–Ah, Goya. Claro, claro. Si no viene Exteriores, vendrá Cultura. Tú no te preocupes que alguien vendrá. Esas cosas me las comunican siempre a última hora.

–Pronto empezarán a llegar las obras...

–Muy interesante, Adolfo, muy interesante. ¿Qué te parece si hablamos mañana de eso? –el embajador se levantó y Salmerón se sintió obligado a hacer lo mismo–. Me vas a perdonar ahora porque quiero supervisar otros asuntillos –dijo mientras acompañaba al agregado cultural hasta la puerta del despacho–. Está muy bien eso de Buñuel. Ya me dirás qué películas van a poner en el ciclo.

Al embajador le costó empujar a Salmerón fuera del despacho. En la misma puerta, el agregado cultural quiso hacer memoria sobre algunos de los títulos que podían incluirse. Pero el embajador no le dejó pasar del cuarto.

–Muy buenas todas, Adolfo, me encantan. Ya seguiremos hablando –dijo mientras lo echaba fuera.

«Buñuel, Buñuel, qué pesado –pensó el embajador en cuanto logró desalojarle– si esas películas no hay quien las aguante.»

Casi todo lo que organizaba Salmerón le parecía de una extrema pesadez. El agregado cultural atendía prácticamente todas las peticiones de colaboración que llegaban a la Embajada, pero el embajador no recordaba una sola con un poco de gracia, una que no fuese un cónclave para eruditos o una reunión de pelmas ociosos. Exposiciones de cuadros estrambóticos, recitales de poesía soporífera, conferencias de historia tediosas hasta el desmayo, congresos científicos sólo aptos para cabezas muy cuadradas, ciclos de cine con las películas más plomizas del universo. Ésa era la clase de convites a los que le llevaba Adolfo. Nunca a un baile, un cóctel, una cacería. Cuando el agregado cultural sugería que la presencia del embajador sería importante para inaugurar tal o cual cosa, al máximo representante español le entraban sudores fríos. Por eso siempre que podía mandaba en representación a su esposa. Y en los últimos tiempos con más razón. Si su esposa estaba inaugurando un ciclo de cine en Birminghan, por ejemplo, a él le era mucho más fácil encontrarse con Trini. Y hacía unos meses que Trini le había sorbido el seso; le había dejado el cerebro hecho agua: el embajador sólo tenía pensamientos húmedos desde que la funcionaria se había convertido en su amante.

A sus cincuenta y seis años, alto, elegante, bien plantado, el excelentísimo embajador de España en Londres, don Rodrigo Sáenz de Almenara, todavía conservaba el porte aristocrático propio de su familia. Y lo que era mejor: todavía conservaba el brío sexual de su linaje, que había hecho famosos a sus antepasados por ser los más grandes generadores de bastardos que jamás conoció la corte de Madrid.

Rodrigo Sáenz de Almenara era un digno continuador de la saga, pero él ya no dejaba un rastro de hijos ilegítimos. Su alcurnia no le había impedido descubrir los anticonceptivos. De no haber sido por ellos, habría superado con creces el récord demográfico de todas las generaciones de Sáenz de Almenara que desde el siglo XVI venían sirviendo con la misma fidelidad a su majestad el Rey y a su revoltosa e incansable entrepierna. En su opinión, de toda la estirpe habían sido los diplomáticos los más fogosos con diferencia, seguidos probablemente de los clérigos y los políticos, y a mucha distancia de los Sáenz de Almenara militares, sin duda los más castos de la familia. «Los militares son malos para el sexo porque sin uniforme se sienten muy disminuidos –solía decir el embajador, y añadía–: A un militar en pelotas le entra complejo de civil y entonces no rinde.»

Esa preponderancia de los diplomáticos no se debía a que fueran más viriles que otros profesionales, sino a que su oficio, ya de por sí un tanto aventurero, les llevaba de aquí para allá, cambiando de ambientes y desarrollando una intensa vida social. Además, como decía Rodrigo Sáenz de Almenara, «la obligación de un diplomático es facilitar el conocimiento mutuo y los intercambios internacionales» y en ese sentido él nunca había tenido escrúpulos en conocer carnalmente a representantes de todos los países por los que había pasado y en intercambiarse con representantes femeninas de todo el cuerpo diplomático sin distinción de clase ni de procedencia: en su biografía figuraban a la misma altura una duquesa casada con un embajador danés, con quien coincidió en Italia, y una secretaria del negociado de la Embajada de Colombia a la que conoció en Costa Rica.

Desde sus primeros destinos, desde mucho antes de ser embajador, cuando ocupó agregadurías, consulados, secretariados y otros pasos del escalafón, Rodrigo Sáenz de Almenara había dejado siempre el pabellón español muy alto. Hasta llegar a Londres había tenido que demostrar sus buenos oficios en numerosas cancillerías por todo el mundo. Las primeras en Asia y Centroamérica, las últimas, antes de recalar en Gran Bretaña donde ya llevaba dos años, en destinos cómodos cerca de casa: Roma, Berna, Luxemburgo. Londres era el colofón, el premio a su brillante carrera. Con Londres había tocado techo en el oficio y sabía perfectamente que su siguiente destino sería Madrid, en algún despacho del Ministerio de Asuntos Exteriores esperando tranquilamente la jubilación. El Ministerio, lo sabía bien, era un cementerio de elefantes. Cuando se pensaba que el personal ya estaba mayor para seguir rodando por el mundo, allí los retiraban a todos. Por allí deambulaban todas las momias que no habían conseguido morirse en otros destinos. Viejos apuntados a la chochez prematuramente, capaces de contar mil veces las andanzas de su primer destino en Nairobi. Lo sabía perfectamente: allí no se iba a encontrar con Trinis jugosas a las que cortejar, y todo el encanto –y el vicio también– del mundillo de las embajadas se perdía irremisiblemente. Pero antes de que llegase ese muermo, esa aniquilación, le quedaban unos años de actividad que pensaba disfrutar en su escondite inglés.

Se sentía joven. Tenía mucho aguante. Los Sáenz de

Almenara siempre habían llegado atractivos y fuertes hasta los sesenta e incluso más. Su tío, don Álvaro Salazar Sáenz de Almenara, había cortejado a las damas hasta los ochenta y tres, justo hasta su fallecimiento, y siempre con notable éxito.

Trini no tenía queja de su comportamiento amatorio ni lo tendrían, de eso estaba seguro, las que llegasen después de Trini. Pero quizá era pronto para pensar en eso, porque con sólo recordar el nombre de la funcionaria al embajador se le borraban todas las demás y sólo veía las piernas de Trini, los labios de Trini, los cabellos de Trini...

■

–Esto de la moqueta no me gusta nada –dijo Nuria, elevando la voz, mientras pasaba el aspirador.

–Así no tenemos que fregar el suelo –contestó Elena mientras pasaba un paño por el espejo de la habitación.

–El tiempo que ganas sin fregar por el que pierdes pasando el aspirador –replicó Nuria–. Yo creo que no compensa.

Dentro de su escasa experiencia como limpiadora, a Nuria le gustaba más barrer, como en su casa, que manejar aquel aparato ruidoso cuyo zumbido seguramente la perseguiría incluso varias horas después de haberlo desenchufado.

Estaban en la habitación 310, ocupada por una pareja de escoceses que pasaba en Londres toda la semana. No se habían cruzado con ellos. Al llegar a limpiar, los escoceses ya habían salido. Cuando Elena comentó la procedencia de los ocupantes de aquel cuarto, Nuria preguntó si el hombre llevaba faldita. Elena sólo le había visto una vez y llevaba pantalones.

–¿Entonces cómo sabes que es escocés? –replicó Nuria voceando por encima del aspirador.

–Me lo dijo Meredith.

–¿Te cuenta de dónde son todos los clientes?

–A veces lo comenta. Sobre todo cuando vienen españoles.

Nuria se fijó en ese instante en la maleta que había junto a una cama y de repente se acordó de sus problemas. Hasta ese momento, la actividad del primer día de trabajo no le había dejado tiempo para los lamentos, pero entonces recordó su desdichado aterrizaje en Londres.

Nuria paró el aspirador y se puso seria.

–¿Me ayudarás a encontrar la maleta? –dijo, suplicante.

–Bueno. Esta tarde puedo acompañarte a la oficina de Objetos Perdidos.

–Y si no está allí, ¿me acompañarás al metro?

–¿A qué, a buscar al que se la quedó?

–Claro.

–Para eso, casi mejor que pongas un anuncio en la prensa pidiendo que te la devuelvan.

–Estoy segura de que pasará a la misma hora por el mismo sitio.

–Sí, ése y unos cien mil más.

–Vale, pero ¿me ayudarás o no?

Elena se la quedó mirando. A Nuria no le favorecía el gesto de angustia. Y menos con aquella bata. Recordaba una de esas fotos de feria en las que se coloca la cabeza sobre el recortable de un cuerpo.

–Para qué quieres más ropa con lo bien que te queda el uniforme –dijo, riéndose.

Nuria volvió a poner en marcha el aspirador.

–Ya veo que no puedo contar contigo –dijo a gritos, sobreponiéndose al ruido del aparato–. Ya me apañaré yo sola.

Por encima de la ansiedad se aupó el orgullo. Nuria pensó que iría al andén y encontraría a aquel individuo aunque tuviese que escrutar mil rostros similares uno a uno.

–Está bien –aceptó Elena para tranquilizarla–. Si te hace feliz, te ayudaré a buscar una aguja en un pajar. Pero cambia de cara.

Nuria no contestó. Se aferró al aspirador como si fuese su único amigo en este mundo y lo movió adelante y atrás con brío, mientras su rostro cambiaba la expresión de angustia por otra de cabreo.

–Así está mejor –murmuró Elena–. No puedo con tanto sufrimiento.

■

Adolfo Salmerón cerró la puerta de su despacho, se sentó ante su mesa y extrajo del cajón un purito fino al que prendió fuego con una cerilla. Después se repantigó en la silla y se quedó mirando el humo que salía de sus labios y hacía filigranas alrededor de la lámpara.

No pensaba en Buñuel. En realidad, esa colaboración con la Universidad de Birmingham le importaba tan poco como al embajador. No pensaba en Buñuel porque pensaba en Goya. Ese asunto sí le interesaba bastante más que a su jefe.

La gran exposición de obras de Goya en Londres era una iniciativa del Westland Bank y hacía dos años que se estaba preparando. Como agregado cultural de la Embajada española, Salmerón había asesorado durante todo ese tiempo a los responsables de la exhibición y había realizado algunas gestiones ante ministerios y museos españoles. De España llegaría el grueso de la obra que el banco quería aprovechar como una gran acción propagandística que repercutiera tanto sobre su importante mercado británico como sobre su creciente mercado español.

Sin duda iba a ser uno de los acontecimientos culturales del otoño londinense, una de esas exposiciones saludadas con un gran despliegue en los medios de comunicación y refrendadas por espectaculares colas de visitantes. Había expectación y Salmerón también la sentía. Llevaba tiempo estudiando meticulosamente todas las obras de Goya que iban a llegar a Londres durante las próximas semanas. Conocía perfectamente el tamaño de todas, el tipo de soporte en el que habían sido pintadas, su lugar de procedencia y la cantidad de millones en los que se tasaba cada una de ellas. Incluso de algunas había estudiado sus marcos y se había interesado por la forma en que estaban enganchadas a ellos. Cualquiera que hubiese reparado en los detalles que suscitaban el interés de Adolfo Salmerón se habría dado cuenta de que el agregado cultural preparaba el robo de un *goya.*

«Pero eso, naturalmente, es absurdo –pensaba Salmerón mientras se consumía el purito entre sus dedos–, jamás se les ocurrirá sospechar de mí.»

Salmerón estaba tan acostumbrado a que nadie se fijase en él que le había llegado el momento de aprovechar esa grisura, ese pasar desapercibido. «Me voy a cobrar veinte años de indiferencia», se decía mientras repasaba los detalles de su plan. Un plan que tenía perfectamente calculado: si todo salía bien, como pensaba, lograría un buen puñado de millones del banco que organizaba la exposición, que pagaría lo que le pidiesen con tal de lavar su imagen ante la vergüenza de sufrir el robo de un cuadro prestado. Pero si salía mal, si le sorprendían «in fraganti», tampoco habría problema: diría que se trataba de una acción propagandística para denunciar las escasas medidas de seguridad que había en torno a unas obras tan importantes, y que un arrebato pasional le había empujado a simular un robo porque para él la defensa del patrimonio artístico español era algo sagrado. Después de todo, ese tipo de acciones ya se habían producido otras veces en diferentes lugares del mundo y siempre habían sido llevadas a cabo por apasionados del arte que con sus actos habían logrado más aplausos que reproches, incluso una cierta admiración por su osadía.

«O me salgo con la mía o me toman por un chalado –pensaba Salmerón–, la verdad es que no tengo nada que perder, o me hago rico o me hago famoso, y ya va siendo hora de dejar de ser un don nadie.»

Con esa determinación dio una gran bocanada, la última, apagó el purito en un cenicero con forma de bisonte de Altamira y salió de su despacho. Tenía que pasar por el almacén para revisar una serie de publicaciones que había recibido de Madrid y que debía remitir a diferentes departamentos de español en varias universidades del Reino Unido.

El sótano siempre estaba abierto. Se había convertido en el lugar que recogía todo lo que no cabía en los despachos. Al principio se habían colocado allí, ordenadamente, libros y legajos, papeleo de la Embajada distribuido en las estanterías metálicas instaladas varias décadas atrás. Luego simplemente se fue acumulando todo lo que llegaba, sin que nadie se preocupara por saber qué había en cada rincón y en cada carpeta, y admitiendo cualquier cachivache que nadie supiera dónde dejar: una lámpara jubilada tras un cambio de decoración, una silla coja, un cuadro de ciervos que no era del gusto del embajador, un álbum de fotos de recepciones oficiales, un paquete de pósters con el lema «Spain, everything under the sun», un perchero, una máquina de escribir con la letra ene rota, un mástil de bandera, un mapa de España en relieve...

todo lo que sobraba por arriba se arrinconaba allí, en el primer hueco que se encontrase.

Sólo Salmerón disponía de un pequeño espacio en una estantería en donde aún prevalecía el orden. Le servía para guardar el material que no cabía en su despacho: libros, carteles, folletos turísticos y otras publicaciones.

El agregado cultural estaba acostumbrado al desorden del sótano, pero también a que le respetasen su pequeña parcela de pulcritud. Al menos no le amontonaban cosas encima. Pero esta vez le sorprendió que hubiesen colocado una maleta delante de sus cosas. Se hallaba en el suelo, delante de su estantería.

Salmerón estaba seguro de no haber visto nunca antes esa maleta. Ni ésa ni ninguna. Allí habían bajado muchas cosas, pero jamás maletas. Por eso le llamó especialmente la atención. Si hubiese sido la Enciclopedia Espasa o un lavabo no le habría resultado extraño porque ambas cosas podían formar parte, tarde o temprano, de los objetos sobrantes en el edificio. Pero una maleta no. Y menos aquel maletón, un tanto anticuado, que para nada tenía aspecto de pertenecer al equipaje de un diplomático. Entre los de la profesión lo habitual era la «samsonite» recia con aspecto de caja fuerte donde meter secretos de Estado: la maleta rígida estilo cemento armado.

«Será de Manuel», pensó Salmerón en un primer instante. Pero en seguida desechó la idea. Por varias cosas: porque Manuel disponía de su propia vivienda en la Embajada y no necesitaba guardar nada allí, porque Manuel hacía meses que no viajaba y especialmente porque en una tarjeta que colgaba del asa de la maleta figuraba escrito un nombre que no era el de Manuel, sino el de una tal Nuria.

–Nuria Mainar –dijo Salmerón observando la dirección escrita.

No recordaba a nadie con ese nombre que hubiese pasado por la Embajada. Desde luego, no entre el personal. Si acaso entre las visitas, pero era improbable que un visitante hubiese dejado allí su equipaje.

«A lo mejor es de alguna novia del embajador –pensó movido por la fama de mujeriego de su jefe–, pero tampoco tiene sentido traer aquí las cosas de tu amante.» Porque la maleta estaba llena, eso se notaba con sólo alzarla un poco y comprobar lo mucho que pesaba. Pero, ¿llena de qué?

El hecho de que la hubiesen colocado delante de sus cosas y no en cualquier otro rincón donde se amontonaban los objetos inútiles, le daba derecho a investigar. Y a Salmerón le podía la curiosidad.

Entornó la puerta del almacén para que no le sorprendiera ninguna visita inesperada y, después de comprobar que no disponía de cierres en clave ni candados, tumbó la maleta y tiró de la cremallera con cuidado para que no se atascase.

Lo primero que asomó tenía la forma inequívoca de un sujetador. Un sujetador blanco y recatado. Nada de puntillas. Nada de colorines. Un sujetador sencillo que Salmerón apartó cogiéndolo con dos dedos como pinzas, con esa precaución antiinfecciosa con que se suele agarrar la ropa interior ajena. Tras ése aparecieron media docena más, de corte parecido, una tanda similar de braguitas a juego, pantalones vaqueros de diferentes tonos, jerseys, un par de faldas, pantys, calzado informal, un pijama, un abrigo, un neceser rebosante de potingues y veinte o treinta cosas más que se cansó de mirar. Nada de valor salvo una cámara de vídeo que ocupaba el centro de la maleta, protegida de zarandeos y golpes por todas las prendas que la rodeaban. Salmerón la observó con la mezcla de indiferencia y desprecio que le inspiraban aquellos aparatos.

Con lo que vio, se hizo un retrato robot de la usuaria y

no cuadraba con la imagen de nadie que hubiera visto últimamente por la Embajada. Falto de interés por aquel tesoro, recolocó las piezas que había removido dispuesto a dejarlo como lo había encontrado. Entonces se fijó en un detalle que le llamó la atención. En la solapa del abrigo había una insignia que le resultó familiar: sólo era una chapita que reproducía la cabeza de un perro, pero un perro que no le era desconocido.

La desprendió del abrigo mientras intentaba recordar a quién se parecía aquel chucho. No era de los ciento un dálmatas, ni era *Lassie,* ni ningún otro can famoso. Pero su cara le sonaba; le sonaba mucho.

–¡Claro! –exclamó–. Es idéntico al perro de Goya.

El *Perro semihundido* de Goya, una de las obras del Museo del Prado que más le habían fascinado desde siempre, por lo misteriosa e inquietante, tenía exactamente la misma cara y el mismo gesto que aquella insignia cuyo origen y significado desconocía. Debía de ser una casualidad, y Salmerón creía en las casualidades. Pensaba que daban suerte. Por eso decidió quedarse con aquel perrito que quizá era el distintivo de alguna sociedad canina, pero que él adoptó como símbolo goyesco.

No era porque quisiera entrenarse para el próximo hurto de un auténtico *goya.* Aquella sustracción apenas podía considerarse un delito. Para él era como encontrar la insignia por la calle. Simplemente le hizo gracia y se la quedó.

La prendió en la solapa de su americana, dejó la maleta como la había encontrado, recogió las publicaciones que había bajado a buscar y volvió a su despacho.

■

Nuria descendió la primera del vagón, ansiosa. Miraba a todos los lados. Husmeaba el aire por si olía a sospechoso. Detrás de ella, mucho menos alterados, Elena y Kostas, el amigo griego que Elena había reclutado. No tanto por tener dos ojos más con los que buscar al fantasma de la maleta como por tener otra compañía más relajada, menos obsesiva, para esa excursión en metro.

Kostas era un buen colega. Le daba igual quedar en el pub a tomar una pinta de cerveza que darse una vuelta por el subsuelo detrás de un espectro. Kostas era amigo de todas las españolas que pasaban por el Hotel Lancashire. Él trabajaba muy cerca, en un restaurante vegetariano para hippies obsesivos donde pasaba la mañana y parte de la tarde desmenuzando pepinos, calabacines y zanahorias para que el cocinero preparara potajes de aspecto medicinal, menús que parecían cataplasmas.

Kostas llevaba tres años en Londres. No tenía prisa por volver a Atenas a buscar trabajo. Ya se había acostumbrado a los puerros y no estaba tan mal así.

Desde que coincidiera en su primera temporada con una de las chicas del Lancashire, las que iban a trabajar por allí se lo habían ido pasando como una mascota. Sabían que siempre podían encontrarlo al acabar la jornada en algún pub del barrio. Y sabían que con Kostas se podía contar para cualquier cosa. Incluso para perseguir fantasmas.

–Tu amiga está como una palangana –susurró Kostas a Elena cuando bajaban del vagón.

A fuerza de convivir con las camareras del Lancashire, y estudiando un poco, había aprendido mucho español en los dos últimos años. Pero no siempre empleaba las palabras adecuadas. Tenía mucho vocabulario y entendía bien los conceptos, pero la terminología le desbordaba. Así que era inútil aclararle la diferencia entre palangana y regadera porque probablemente la próxima vez diría que alguien estaba como una manguera o como un tiesto. En lo fundamental, se le entendía perfectamente. Kostas hablaba un español personal, a su medida, cosa que también le pasaba cuando hablaba inglés. Elena no entendía el griego, pero intuía que Kostas tendría algún problema parecido con su lengua materna.

–No le quites la ilusión de encontrar la maleta –dijo Elena.

Antes de desembarcar allí, habían pasado por la oficina de Objetos Perdidos en el metro, en el 200 de Baker Street, y no había ni rastro de la maleta. A Kostas aquella indagación le parecía más que suficiente. Nuria, por supuesto, pensaba de otra manera.

–Aquí más o menos fue donde se me cayó la maleta –explicó a sus compañeros cuando llegaron al andén del incidente–. Yo voy a quedarme por aquí vigilando el acceso por este túnel. Vosotros podéis recorrer la estación arriba y abajo. Así no os aburrís.

–¿Cuánto tiempo quieres estar? –preguntó Elena.

–Pues no sé... ¿qué tal una hora?

–¡Ni lo sueñes!

–¿Tres cuartos?

–Menos.

–Por lo menos media hora.

–Vale –admitió finalmente Elena–. Y ni un minuto más.

–Recordad que es pelirrojo, que tiene gafas y de alto será más o menos como Kostas.

El griego miró a su alrededor y vio a unos mil hombres de su misma estatura.

–El pelo como un boniato, las gafas de culo de cantimplora y alto como una cordillera. ¿He dicho bien? –sentenció Kostas.

Nuria se preguntó si el griego era un bromista o un imbécil.

–Anda, vámonos –dijo Elena cogiéndole del brazo–. Y no hagas alardes de vocabulario que no das una.

Hacía calor. Mientras Elena y Kostas recorrían el andén para cubrir el expediente, comentando cosas suyas, pasando de pelirrojos, de morenos, rubios, calvos o canosos, Nuria observaba con ojos de águila cazadora a todos los que aparecían por el túnel con intención de coger el metro.

El primer pelirrojo que divisó no tenía gafas. El segundo era demasiado bajo. El tercero, muy joven. Luego había varios cuyo pelo no era del todo rojo porque tenía tonalidades rubias o grisáceas. También había pelirrojos de frente despejada, pelirrojos lacios y otros ligeramente rizados.

En realidad no eran tantos. Su número era muy inferior al de rubios y morenos. Pero eran tantas las personas que desembocaban en el andén en oleadas que en quince minutos Nuria se había fijado en más pelirrojos que en toda su vida anterior. Y ni uno solo le recordaba al de la maleta. Sin embargo, un par de morenos se daban un aire. Y también algún rubio, y puede que algún calvo.

«Esto es agotador», pensó Nuria tras examinar los rostros de quinientos o mil individuos. Sólo tuvo valor para acercarse a uno y preguntarle si el día anterior estaba allí y le había caído encima una maleta. Lo hizo por amor propio, no porque se pareciera más que los otros al objeto de su persecución. El interrogado le respondió, cortésmente, que no sabía nada de maletas pero que estaría muy gustoso de invitarla a una pinta de cerveza. Nuria dijo que otro día. Para una vez que ligaba sin proponérselo, ni era su tipo ni estaba para conquistas.

Era duro reconocerlo, pero Elena tenía razón. Era peor que buscar una aguja en un pajar. Tendría que resignarse a perder la maleta porque insistir en ir allí cada tarde sólo serviría para amargarla más.

Antes de cumplir la media hora, harta de ver caras y caras, buscó a sus compañeros, que paseaban por la otra punta del andén, y les propuso largarse a tomar una cerveza. Confesó que se rendía. Elena y Kostas la consolaron. Había perdido hasta el último calcetín, pero había ganado dos amigos. No era comparable, pero ayudaba a resignarse.

Cogieron el primer metro para volver al barrio y en su mismo vagón, por la puerta del otro extremo, penetró el honrado Jeremy Quarryman, demasiado agobiado por los empujones como para imaginar que él era el hombre más buscado entre la multitud que abarrotaba aquel convoy.

III

Adolfo Salmerón acarició instintivamente la insignia que llevaba en la solapa, la que había encontrado tres semanas antes en una extraña maleta y había adoptado desde entonces como amuleto de buena suerte, mientras observaba satisfecho cómo bajaban del camión las obras de Goya recién llegadas de España.

Las que habían sido cedidas por otros museos europeos y americanos habían llegado a lo largo de la semana. Los *goyas* españoles se incorporaron los últimos. Se habían hecho esperar como lo que eran: las grandes estrellas de la exposición. No estaban las obras más famosas –era impensable sacar del Prado *Los fusilamientos del 3 de mayo*–, pero sí otras de gran calidad y renombre. Retratos cortesanos y de personajes de su época, cartones para tapices con escenas de la vida cotidiana, alguna pintura negra de aspecto especialmente sombrío, grabados de las primeras ediciones de la Calcografía Nacional, trabajos de juventud rescatados en las iglesias de los pueblos donde Goya dio sus primeros brochazos. Algo mejor que cuatro cuadros espectaculares: un recorrido por toda la obra del maestro aragonés, con joyas poco conocidas pero de incalculable valor.

Salmerón sabía muy bien lo que venía allí dentro, en aquellos embalajes compactos con la palabra «FRÁGIL» escrita de forma escandalosa, en grandes letras rojas, advirtiendo del cuidado con el que había que manejar aquellos tesoros. Sabía que entre ellas no figuraba el pariente del perro que lucía en la solapa, su amuleto de la buena suerte desde que lo descubriera en la maleta del sótano. Tampoco hubiese sido ése el cuadro de su interés. Demasiado grande. Él había seleccionado otro más manejable: 40 x 28 centímetros, poco más grande que un folio. Un bulto, con marco y todo, no mucho mayor que una carpeta. Una pequeña maravilla: el autorretrato del pintor que los condes de Villagonzalo habían vendido recientemente al Estado español por una cifra no confesada, pero sin duda con muchos, muchos ceros.

Era la primera vez que ese cuadro salía de casa. Casi no había estrenado aún su hueco en el Prado cuando fue cedido para la exposición londinense. Era una buena manera de presumir ante el mundo de la última adquisición de una de las pinacotecas más importantes del globo.

Salmerón tenía tan memorizado ese cuadro que cuando vio pasar por delante de sus narices la caja que lo transportaba le pareció verlo a través del envoltorio, como si pasara por delante de una pantalla de rayos X. Donde sus acompañantes –directivos del banco organizador, agentes de seguridad, especialistas en arte, un representante del Foreign Office y varios mirones sin catalogar– vieron sólo un cartonaje con una gran etiqueta, Salmerón apreció la figura de Francisco de Goya a una edad aproximada de cuarenta y cinco años, de pie, pintando delante de un gran ventanal, vestido con unos calzones ajustados, como si fuese un torero, y un sombrero alto que le daba un aire de bohemio primitivo, aunque a lo mejor sólo lo llevaba por si le caían arañas del techo. Salmerón sintió un estremecimiento imaginando todo eso y más, cada detalle del cuadro, la luz, los muebles, el gesto. Se le agarró un manojo de nervios en el estómago que se convirtió en un retortijón mezcla de emoción y miedo.

–Me parece que tengo que ir al servicio –dijo a sus acompañantes.

No podían imaginar que lo que movía el vientre de Salmerón era uno de aquellos embalajes.

No necesitó que nadie le indicara dónde estaban los baños. Desde que la exposición se empezó a gestar, el agregado cultural había visitado muchas veces aquellas salas en su función de asesor. Y mientras opinaba sobre el tono de las paredes y la colocación de los cuadros, aprovechaba cada visita para buscar huecos, medir distancias, calcular tiempos. Cada visita era otro pequeño aporte de valiosa información para trazar un plan definitivo.

Salmerón entró en el espacioso servicio y echó el pestillo interior. Inmediatamente se quitó el abrigo y admiró el forro que lucía para la ocasión: allí estaba el autorretrato de Goya, prendido por dentro con imperdibles. No era el original, claro, sino una reproducción serigráfica realizada en tela a partir de una lámina. Una especie de fotocopia artística que primero había sido tratada por ordenador para introducir un pequeño retoque: en la mano derecha, Goya, en lugar de sujetar un pincel, sujetaba un plátano.

El agregado cultural se había documentado a fondo sobre los robos de piezas artísticas y había observado que entre los ladrones de arte era habitual firmar el robo con una broma, un guiño jocoso, algo que produjera al mismo tiempo indignación y despiste. A él se le ocurrió poner en la mano de Goya un plátano porque era un detalle pequeño, que en un primer vistazo no llamaba la atención, pero que haría saltar la alarma en cuanto alguien se fijase detenidamente en el cuadro y observase no sólo la fruta empuñada por el pintor, sino que aquel lienzo carecía de trazos de pincel y manchas de pintura porque era liso como una vulgar fotocopia.

El proceso de elaboración de la copia falsa había sido muy sencillo: primero se hizo con una buena foto del cuadro y después encargó en un establecimiento de reprografía que la retocasen por ordenador para cambiar el pincel por el plátano –una operación sencilla y barata– y le hiciesen una copia de 40 x 28. Cuando la tuvo, el siguiente paso fue encargar en un establecimiento de serigrafía que lo estampasen sobre una tela cuya textura él mismo seleccionó para que fuese lo más parecida al lienzo empleado por Goya. Ambas operaciones las realizó aprovechando varios desplazamientos a Liverpool, durante el verano, escogiendo establecimientos en los que muy difícilmente podrían recordarle cuando estallase el escándalo en el supuesto caso de que, bien en la reprografía o en la serigrafía, alguien fuese capaz de recordar ese trabajo concreto entre los cientos que hacían cada día.

Ahora sólo le faltaba dar el cambiazo. Se hallaba en el penúltimo paso para completar la operación: en ese momento, la copia y el original se hallaban en el mismo edificio, a pocos metros una de otra, listas para ser intercambiadas.

Salmerón desprendió con cuidado la fotocopia goyesca del forro del abrigo. Por su tamaño habría cabido en el portafolios que acarreaba, pero había preferido llevarla así porque ése era el método que emplearía para sacar el original y de esa forma le servía de ensayo. Lo que sí había metido en la cartera de mano, de la que no se había querido desprender ni un segundo, era el marco: cuatro piezas de madera provistas de agujeros y espigas para ensamblarlas rápidamente y formar un marco ligeramente parecido al original. Era lo más ajustado que había podido encontrar y él mismo se había encargado de desmontarlo y prepararlo después, pieza por pieza, para que cuando tuviese que usarlo fuese como un mecano, rápido de montar.

Apoyó el portafolios sobre el inodoro, lo abrió y extrajo de él las maderas, metidas en dos bolsas de plástico perfectamente cerradas. Después se subió a la taza para alcanzar la cisterna e introdujo las bolsas en ella. Comprobó que nada asomaba. Nadie que entrase allí tendría motivos para la sospecha.

El siguiente paso fue descolgar el espejo que había sobre el lavabo: en su parte posterior sujetó la copia, vuelta de espaldas, con un par de tiras de cinta aislante. Luego volvió a colgarlo. Apenas tardó un minuto en esa operación. Esperaba invertir, como mucho, cinco minutos en todo el proceso cuando llegara el momento de la verdad. Ahora sólo le quedaba esperar al día de la inauguración y confiar en que antes de esa fecha no se atascara la cisterna ni fuese necesario descolgar el espejo para nada. Sólo faltaban siete días para el gran momento. Si después de una semana todo seguía como él lo había dejado, estaría listo para el gran golpe.

IV

El embajador salió de la ducha envuelto en un albornoz blanco, con un ligero vaho que caracoleaba en su piel húmeda y una cara de satisfacción que estaba a mitad de camino entre un beato y un drogadicto. En su caso no habían sido las oraciones ni la marihuana lo que le había dejado ese gesto. Su diosa, y a la vez su droga, el motivo de su dicha y del rostro de memo que lucía, era Trini. Y Trini estaba allí con él, en la habitación de aquel discreto hotelito donde acababan de hacer el amor con tanta pasión que, en el momento cumbre, Rodrigo Sáenz de Almenara había lanzado un alarido que soliviantó a los elefantes del cercano parque zoológico al creer que era Tarzán quien los reclamaba.

–Rodrigo.

–Sí, querida.

–Han llamado de recepción.

–¡Ah, sí! ¿Qué querían?

–Saber si habíamos tenido un accidente. Creo que en alguna habitación de por aquí se han asustado.

–Querida, quizá no ha sido susto, sino envidia.

–A lo mejor es eso, pero convendría que fueses más discreto.

–Yo no tengo la culpa de que los ingleses tengan que disimularlo todo. Los Sáenz de Almenara siempre hemos sido muy fogosos.

–Y un poco escandalosos.

–En el amor y en la guerra, es imposible contener la energía cuando se desata.

–Bueno, pues el próximo día te pondré una mordaza.

–¿Y por qué esperar al próximo día? –dijo el embajador, agachándose y cogiendo la mano de Trini entre las suyas–. Amordázame ahora y hagamos de nuevo el amor hasta que tiemblen los cimientos de este hotel.

Trini hizo un mohín, retiró la mano y se encaminó a la ducha.

–Tendremos que dejar el terremoto para otro día porque yo he quedado. Me voy de compras con una amiga.

Tras la última palabra, cerró la puerta del baño. El embajador se pegó al marco y escuchó cómo Trini abría el grifo y el agua empezaba a salpicar la bañera.

–¿Qué te parece mañana? –gritó el embajador antes de que la funcionaria se remojara.

–Mañana no puedes –replicó Trini–. Tienes que inaugurar la exposición de Goya.

Ya no dijo más. Tras hacer su papel de agenda, abrió el grifo al máximo y cortó la conversación para concentrarse en la ducha. El embajador, al que la felicidad le había hecho olvidar los compromisos, se sintió frustrado. Entre Goya y Trini, para él no había elección. Al menos mientras fuese técnicamente imposible acostarse con «La maja desnuda». Pero no tenía más remedio que asistir a la inauguración porque, finalmente, no iba a acudir ningún ministro y habían delegado en él la máxima representación española.

–Está bien –exclamó el embajador–. Mañana no podrá ser, pero el próximo día te demostraré hasta dónde llegan las reservas de los Sáenz de Almenara.

Trini, con la ducha a toda presión, no le oyó, pero los vecinos de habitación sintieron un extraño hormigueo y las elefantas del zoo se revolvieron inquietas.

V

«Me hacen sentirme como en casa», pensó Adolfo Salmerón mientras contemplaba el tremendo trajín que había en las salas de exposición unas horas antes de que se inaugurase. Las prisas de última hora eran algo tan español que le sorprendía encontrarlas en un evento londinense. Mujeres que limpiaban, carpinteros que daban los últimos retoques, iluminadores que ajustaban luces y pantallas, camareros que preparaban el cóctel que se serviría a los invitados. Mucha más gente de la que había pensado. Tanta que Salmerón deambulaba por allí sin que nadie le preguntara cuál era su función.

Había ido a supervisar los preparativos finales como representante de la Embajada, pero una vez que le franquearon el paso nadie se preocupó de atenderle. Los que trabajaban contrarreloj estaban demasiado ocupados para dedicarse a los mirones.

El agregado cultural paseó por todos los rincones para comprobar que no llamaba la atención. Charló con una mujer que remendaba una cortina, quien le explicó que la habían rasgado al engancharla con una escarpia, comentó con un electricista la orientación de un foco que ocasionaba demasiados reflejos en un cuadro e incluso él mismo enderezó una obra que había quedado ligeramente inclinada. Así comprobó que todos daban su presencia por buena, que nadie le tomaba por extraño y que podía moverse y tocar con absoluta libertad. Sólo le faltaba esperar el momento oportuno para dar el golpe.

Salmerón revisó muchos cuadros antes de acercarse al que realmente le interesaba. El suyo estaba en un discreto rincón, a pocos metros del servicio que había elegido como lugar de operaciones.

Esperó hasta que no quedó nadie en esa zona antes de aproximarse a la obra. Los obreros acababan de desaparecer de ese rincón y los guardias de seguridad todavía no habían tomado posiciones. Sin duda, era el momento.

Salmerón se dirigió apresuradamente al servicio. Estaba libre. Entró y cerró por dentro. Cruzó los dedos antes de descolgar el espejo: la copia seguía allí, tal y como la había dejado. La despegó con cuidado y volvió a colgar el espejo. Después se subió a la taza del váter, metió la mano en la cisterna y extrajo las bolsas con las tablas del marco. El plástico había protegido la madera. Ensambló las cuatro piezas, que encajaron perfectamente, y enroscó los colgadores en el punto exacto. Después colocó la tela en el hueco y la pegó por dentro con el botecito de cola que había llevado. El engarce era lo más chapucero de toda la maniobra, pero no había podido entretenerse en preparar un bastidor. Mal que bien, la réplica estaba lista.

Probó a esconder el cuadro bajo el abrigo. Cabía perfectamente, pero el volumen que le confería el marco destacaba tanto sus aristas que cualquiera que le viese lo notaría en seguida. Pensó que en un ambiente como aquél, todavía en pleno montaje, era mejor optar por la naturalidad: parecería más normal verle con un cuadro en la mano que sorprenderle con él debajo del abrigo. Aunque para que todo fuese perfecto no debía verle nadie. Y para eso lo mejor era apresurarse.

«Ahora o nunca», se dijo para animarse. Dejó su copia en el suelo, disimulada tras el pie del lavabo, y salió del baño. Se dirigió rápidamente hacia el original. En los alrededores no había nadie. Sólo se veía al fondo de la sala contigua a la mujer que cosía la cortina, pero estaba de espaldas. No lo pensó dos veces: Salmerón descolgó el cuadro y con el corazón a cien por hora volvió raudo al servicio. Allí maniobró tan rápidamente como pudo: desprendió el bastidor del marco y a su vez la tela del bastidor, al que apenas le sujetaban unos minúsculos clavos que arrancó sin miramientos, tirando de la tela, a la que produjo algún pequeño desgarro en los bordes. Después se quitó el abrigo y sujetó el autorretrato de Goya a su espalda con los mismos imperdibles que seguían allí, enganchados en el forro, desde el día que dejó la copia en el servicio. Desencajó con dos golpes las tablas del marco y las echó dentro de la cisterna, junto con los trozos del bastidor. Se puso otra vez el abrigo, recogió la copia del suelo y salió del baño. Había tardado noventa segundos. Un minuto y medio en el que nadie se acercó a hacer uso de aquel servicio. En diez segundos más llegaría hasta la pared donde había dejado el hueco que debía ocupar su copia. Pero le faltaron dos segundos para concluir la operación con un éxito rotundo.

Cuando ya tenía la pared al alcance de la mano, cuando ya levantaba el brazo para elevar el cuadro y colgarlo, un hombre joven, fornido, con el pelo cortado a cepillo y una bolsa de deportes en bandolera, apareció tras la mampara que exhibía un gran retrato y se encaminó hacia Salmerón.

El diplomático se quedó clavado, en actitud de ir a colgar el cuadro, pero con la vista vuelta hacia el visitante, paralizado y mudo.

–¡Hola! –saludó ruidosamente el recién llegado–. Me han dicho que el baño está por aquí.

Salmerón no pareció entenderle.

–Yo estaba... yo estaba colgando el cuadro.

–Ya veo que están todos colgando los malditos cuadros, pero yo busco el baño, amigo. Tengo que vestirme de camarero.

Salmerón vio que había una posibilidad de salvarse. Su interlocutor parecía demasiado bruto para percatarse de lo que estaba haciendo.

–Por ahí –dijo el agregado señalando con la mano.

–Gracias, amigo –dijo el joven pasando a su lado y mirando de refilón la pintura–. Ya verá como luego me hacen más caso a mí que a los cuadros. En estas fiestas, la pintura que más admiran es la etiqueta de Johnny Walker.

Salmerón no dijo ni sí ni no. Se lo quedó mirando con la sonrisa más postiza que le vino al rostro, hasta que lo vio perderse dentro del baño. A continuación colgó el cuadro y se marchó rogando que el camarero no se hubiese quedado con su cara –eso era difícil– o por lo menos que no se hubiese fijado cuál era el lienzo que colgaba –eso era fácil porque estaba claro que la pintura no figuraba entre los intereses de aquel trabajador.

Cruzó las salas en dirección a la salida sin acelerar demasiado el paso, simulando que revisaba todo alrededor.

Ya quedaba menos gente. Varios operarios recogían sus bártulos. Las limpiadoras pasaban el paño por los últimos puntos donde quedaba una brizna de polvo o un poquito de serrín. Un camarero rompió una copa y al instante tenía ante él a una mujer con escoba y recogedor. Un encargado del banco organizador iba de aquí para allá, nervioso, preguntando por cada detalle. Los vigilantes comenzaban a llegar y formaban un corrillo junto a la puerta a la espera de que les designasen las salas que les correspondían.

Era tarde, pero confiaba en tener tiempo suficiente para llegar a la Embajada –no estaba lejos de allí–, esconder la pintura y volver para el acto de la inauguración. Sin embargo, sus cálculos se vinieron abajo cuando le faltaban pocos metros para la puerta de salida y vio que por ella asomaba míster Lonnerby, un viejo hispanista, especialista en la obra de Goya, que formaba parte del comité de honor de la exposición.

Lonnerby era profesor emérito de la Universidad de Londres, un anciano enjuto y vigoroso, aficionado a contactar con la Embajada española para solicitar material y ayuda cada vez que organizaba algún curso de cultura española, cosa que hacía infatigablemente. Salmerón lo conocía bien. Era una de sus pesadillas.

En cuanto lo vio entrar, supo que no tenía escapatoria. Le sería más fácil zafarse de todo Scotland Yard antes que del venerable Edward Lonnerby. Y así fue.

El ilustre jubilado, que a pesar de lucir gafas –o quizá por eso– tenía una vista de lince, descubrió a Salmerón en cuanto cruzó el umbral.

–Mi viejo y querido amigo –exclamó Lonnerby alzando los brazos–. Me alegra ver que hay alguien aún más inquieto que yo esperando la apertura de esta maravilla.

Salmerón intentó escapar desesperadamente. Dijo que ya se iba, que sólo había ido a comprobar que todo estuviera en orden y que debía salir a resolver unos asuntos antes de la inauguración. Pero Lonnerby no tenía el oído tan agudo como la vista. El viejo profesor se hizo el sordo, enganchó a Salmerón del brazo y lo arrastró con él nuevamente hacia el interior.

–Acompáñeme, Salmerón. Disfrutemos de este momento único antes de que los invitados lo llenen todo.

–Es que tengo que...

–No habrá otro día con tanto espacio para disfrutar del maestro.

–...quizá podríamos hablar luego.

–Desde que empezaron a llegar los cuadros no he faltado ni un solo día.

Salmerón empezó a sudar. Lonnerby, completamente sordo a sus ruegos, le arrastraba hacia el lugar donde menos le apetecía ir, y lo hacía con un *goya* colgado a su espalda, del que podía percibir el tacto del óleo al rozar con la tela de su americana.

–Vamos a ver si nos ponen una copita para acompañar la espera –dijo el profesor.

Lonnerby consiguió arrancar un par de whiskies de los camareros –reticentes a servir a nadie antes de la hora oficial– haciendo valer sus canas, su cargo, su energía y su promesa de devolver el vaso antes de que empezase el sarao. Salmerón no quería beber, pero eso era lo que menos le importaba al catedrático.

–Beba, amigo mío. El whisky es bueno para el corazón y éstos son días de emociones fuertes.

Salmerón sólo se decidió a dar un trago cuando pensó en lo que pasaría si llegaban ante el autorretrato de Goya y Lonnerby descubría el plátano. Entonces sí bebió, incluso estuvo a punto de pedir la botella.

El profesor se detenía ante diferentes obras, comprobando la iluminación y haciendo algún comentario.

–Fíjese qué gesto, qué composición, qué manera de introducir la luz. Esto es lo que no domina ningún pintamonas de ahora. Sólo pintan basura y la venden como si fuera oro. ¿No está de acuerdo conmigo?

–Por supuesto.

–El otro día me invitaron a una exposición y había un armario lleno de piedras. ¡Un armario lleno de piedras! Si al menos se las hubiesen sacado del riñón al sinvergüenza que pretendía vender eso. Ahora llaman arte a cualquier cosa.

Lonnerby pasó su mano por la espalda de Salmerón y el agregado cultural se estremeció. Le pareció como si la mano del profesor se posara directamente sobre la pintura, como si cargase no solo el óleo, sino también el marco, y fuese inevitable descubrirlo al tacto por cualquiera que le tocara. Pero Lonnerby no notó otra cosa que el suave paño del abrigo y siguió con su perorata.

–Estos cuadros sí que son una maravilla, arte puro por los siglos de los siglos. Dígame una cosa, Salmerón, ¿usted qué cuadro de Goya se llevaría a casa?

Salmerón ya sudaba a chorros. Ahora no sólo le parecía que se había colgado en la espalda el cuadro con marco, ahora sentía como si llevase colgado un cartel donde anunciaba a todos el robo que estaba cometiendo.

–No sé... –titubeó mientras se pasaba un pañuelo por la frente–. Quizá *Los fusilamientos*...

–No hombre, no. Ése es un cuadro muy grande y muy dramático. Sólo puede estar en un museo. En una casa hay que poner algo más pequeño, más íntimo.

–Bueno, realmente creo que yo nunca podría llevarme un *goya* a casa. No podría vivir con esa responsabilidad.

Salmerón estaba buscando coartadas cuando aún no le acusaban de nada.

–Naturalmente que no podría llevarse un *goya* a casa, pero no por la responsabilidad. Con lo que usted y yo ganamos no podríamos pagar ni el marco de uno de estos cuadros. Así que vamos a disfrutarlos ahora que podemos.

Salmerón sólo disfrutaba de un considerable agobio. Se dejaba arrastrar por Lonnerby y todo lo que podía hacer era intentar que su recorrido discurriera por las paredes más alejadas de la que él había limpiado.

Se aproximaba la hora de la inauguración. De repente se dio cuenta de que tendría que dejar el abrigo en el guardarropa. El calor que ya sentía se multiplicaría por mucho cuando las salas estuviesen repletas de invitados. Lonnerby le había trastocado los planes. El profesor era la piedra en el zapato con la que no había contado al planificar el golpe.

Salmerón utilizó su excusa favorita para zafarse brevemente de su compañero: dijo que tenía que ir al servicio. Usó uno diferente al que había empleado durante el cambiazo. Allí se desprendió del abrigo y miró el estado de la pintura que, aunque en precario, seguía sujeta al forro. Se planteó seriamente si debía renunciar a seguir adelante. Si no sería mejor dejarla allí abandonada y rendirse. Pero también pensó que lo más difícil estaba hecho y que Lonnerby, además de ser la demostración palpable de que podía cargar con la pintura sin que le descubriesen, también podría ser, llegado el caso, una magnífica coartada. «Hoy es mi día de suerte», se dijo para animarse, y a continuación desprendió el autorretrato de Goya del forro del abrigo y lo sujetó, por el mismo sistema, al forro de su americana, una prenda de la que no tendría que desprenderse. Con tanto poner y quitar imperdibles iba a dejar la tela como un colador, pero eso era algo que no parecía preocuparle.

Cuando se puso de nuevo la chaqueta, se miró en el espejo y pasó la mano por la espalda. No había ningún pliegue sospechoso, ninguna arruga que no fuese natural, ni el menor asomo delator de un imperdible. Estaba listo para afrontar la prueba de fuego. Se colocó el abrigo en el brazo y salió del baño dispuesto a enfrentarse al acto social con sus mejores artes diplomáticas, aunque tuviese que cargar con todo el peso de Goya a sus espaldas.

■

Cuando las limpiadoras se batían en retirada y los invitados más madrugadores asomaban la nariz por el *hall*, Salmerón ya había dejado a buen recaudo su abrigo y notaba los efectos benéficos del whisky que había compartido con Lonnerby. Si tomaba tres o cuatro copas más, sería capaz de llevarse a casa los frescos de la Capilla Sixtina aunque tuviera que ir andando a Roma a por ellos.

Salmerón y Lonnerby se diluyeron entre el personal que iba llegando, en el acostumbrado carrusel de saludos entre viejos conocidos y recién presentados.

El grueso de los visitantes se dividía entre altos ejecutivos del banco organizador y gentes de la cultura –estudiosos, galeristas, pintores, críticos de arte, etc.–. A ellos se sumaban los inevitables en cualquier evento, ya fuese un funeral o una gala benéfica: concejales, diputados, directores generales, periodistas y figurones de diferente cuño.

Rodrigo Sáenz de Almenara, acompañado de su esposa, llegó puntual, unos minutos antes de que lo hiciera la princesa de Gales. La alta representación institucional enviada por la Corona para presidir la inauguración daba idea de la importancia que se concedía a la exposición. Los banqueros se frotaban las manos calculando el rendimiento publicitario que sacarían a eso.

Salmerón cumplimentó a su jefe en cuanto lo vio entrar, pero el embajador no le hizo mucho caso. Como de costumbre. «Mejor –pensó el agregado cultural, habituado a las indiferencias–, hoy es perfecto pasar por el hombre invisible.»

La llegada de la princesa vino precedida de la habitual ensalada de flashes con que la recibía una nube de fotógrafos allá por donde fuera. El director del banco fue el primero en saludarla y a continuación lo hizo Sáenz de Almenara. Cuando el diplomático estrechó la mano de la princesa, inclinó cortésmente la cabeza y de pronto se vio con la punta de la nariz a un palmo de dos pechos comprimidos con una incontenible tendencia elevadora. «Vaya, vaya –pensó el embajador–, así que su alteza también usa wonderbra.» Ni en los actos oficiales bajaba la guardia. La imagen del estrecho canalillo donde convergían aquellos meloncitos tiernos de la dama valía para el embajador más que todos los cuadros de Goya.

Después llegó el turno de las intervenciones protocolarias. Salmerón se sintió obligado a figurar de acuerdo con su cargo de asesor y se situó en los lugares de honor, justo detrás de su jefe. Primero habló el director del banco repartiendo varios agradecimientos y publicitando convenientemente la labor de la entidad que representaba. La princesa sonreía. Después habló el embajador, repitiendo el mismo discurso sobre la cultura y la amistad entre los pueblos que largaba cada vez que asistía a un acto similar. La princesa sonreía.

Cuando acabaron los discursos sonrieron todos. De hecho no sabían muy bien qué había que hacer a continuación. Fueron unos segundos de sonrisas tiesas hasta que apareció un lacayo con un cojín y unas tijeras para que la princesa cortase una cinta, con los colores de las banderas española y británica, y diese por inaugurada la exposición. Lo hizo lo mejor que pudo, aunque se notó que lo suyo no era el corte y confección, y después, sin aparcar su radiante sonrisa, se dejó guiar por las salas acompañada por un séquito solícito en el que todo el mundo se creía obligado a explicar los cuadros. Los demás invitados se abalanzaron sobre las copas y los canapés, y cuanto más sabroso les sabía el refrigerio tanto mejor les parecía la exposición.

Salmerón estaba tranquilo. Sabía que semejante aglomeración de expertos, siempre colocados a una estratégica distancia de los camareros y las viandas, era la mejor manera de garantizar que el *goya* falso pasaría desapercibido. Y así fue. Cuando la reunión se fue disolviendo, cuando fueron desapareciendo en cascada todas la autoridades, estuvo por fin seguro de que todo había sido un éxito. Hasta Lonnerby se había marchado. Entonces recuperó su abrigo, se palpó disimuladamente la espalda para sentir que todavía llevaba allí a su amigo y salió tranquilamente a la calle, dejando detrás a los últimos invitados, a los que sólo tardarían en salir el tiempo que les costase apurar sus copas.

VI

Tras una sesión agotadora, en la que habían limpiado más cristales que en toda su vida anterior, Nuria y Elena llegaron al pub White Hart y se desplomaron en el más mullido de sus sillones. Ambas desprendían un inconfundible aroma a Cristasol capaz de enamorar al ventanero más apasionado. Uno de esos perfumes que no se va de las manos durante horas, aunque se laven con papel de lija.

Un mes después de la desgraciada pérdida de su maleta, Nuria empezaba a ser dueña de su aspecto y casi había olvidado el incidente. De la ropa que vestía, la mitad ya era suya: todo lo interior, más los zapatos y los pantalones, eran adquisiciones de los últimos días con las que empezaba a paliar la falta de sus cosas. De cintura para arriba seguía de prestado. Aún no había ganado lo suficiente para invertir en jerseys y abrigos. Y de la cámara mejor ni acordarse. Peebody había sido generoso a su medida: le había adelantado algo de dinero, pero ni un penique de propina.

La camarera del White Hart, una rubia mofletuda con

cara de esfuerzo, les sirvió dos medias pintas de cerveza. Aquellos vasos con reborde curvilíneo, con ese ensanchamiento superior que no se sabe si es adorno, tope para meter unos en otros, acomodo ergonómico para la mano o defecto de fabricación copiado en serie, siempre le habían parecido a Nuria material de laboratorio. Se los imaginaba con un mechero Bunsen por debajo y dentro de ellos algún bebedizo preparado por un alquimista o una bruja, un mejunje denso y verdoso que al hervir desprendería grandes burbujas de colores. Por suerte, a pesar de esos pensamientos, la cerveza sólo le sabía a cebada y lúpulo y agradecía el trago después de una intensa jornada de trabajo. Elena, sin darle tantas vueltas al recipiente, le sacaba tanto gusto o más y le daba igual tomar la cerveza en vaso, en lata, en tubo de ensayo o en un florero.

–Hasta la lengua me sabe a limpiacristales –comentó Elena después del primer trago.

–Tiene que ser venenoso respirar eso tanto rato.

–No exageres. Es asqueroso, pero si fuese venenoso tu madre y la mía llevarían diez años muertas.

–Los productos químicos son como el tabaco, no matan de golpe pero te corroen poco a poco. ¿Tú sabes con qué hacen los productos de limpieza? Pues imagínate todo lo peor. Disolventes, ácidos, anilinas. Lo más tóxico. Por eso los fabrican siempre en países del tercer mundo.

–¿Qué pasa, que los pobres aguantan mejor los gases?

–No, pero como tienen menor esperanza de vida les parece tan normal morirse después de trabajar unos años en una industria química. Así que no protestan.

–Como los mineros en Europa hace cien o doscientos años.

–Más o menos. O como las empleadas del Hotel Lancashire ahora mismo.

–Si quieres hacemos una huelga de plumeros caídos.

–Sí, y exigimos Eau de Rochas para limpiar los cristales, Moet Chandon en la cisterna del váter y batas diseñadas por Dior y Armani.

–Yo me conformaría con ir en chándal.

–Claro, es lo mejor para hacer los cien metros camas, lanzamiento de aspirador y esos deportes que nosotras practicamos.

–Venimos a aprender inglés y eso se practica con cualquier uniforme.

–Nosotras hablamos inglés mejor que Doris.

–Querrás decir que lo hablamos más fino, más académico.

–Llámalo como quieras, pero imagínate a Doris de guía turística intentando explicar algo que no fuese sexual. Le faltaría vocabulario.

–Ya lo improvisaría. Diría que Buckingham es el burdel con las camareras más feas y los chulos mejor pagados de Inglaterra, que para construir la columna de Trafalgar Square se inspiraron en determinadas partes anatómicas del almirante Nelson, que los gorros de la guardia real son una reproducción exacta de los preservativos que usaba Enrique VIII, y cosas así. Seguro que no se quedaba sin argumentos.

–Se nota que aprendes mucho a su lado.

–Con Doris se aprende todo lo que jamás debes decir si no quieres quedarte sin trabajo.

–A no ser que trabajes en un sex-shop.

–Sí, o en una cuadra de sementales.

El anciano que las observaba desde la mesa contigua pensaba mientras las oía que el español tenía una musicalidad especial, y más en labios de jovencitas inocentes como aquellas que le recordaban sus vacaciones en Tenerife y que seguramente estarían hablando del calor y la luminosidad de su soleada patria. A él, desde luego, le sonaba muy dulce. Hasta en la mención de los sementales le parecía escuchar las palabras de un poema de Lorca o una canción de Julio Iglesias.

El viejo no llegó a entablar conversación con ellas, no llegó a preguntarles de dónde procedían. Le hubiese gustado hacerlo, pero antes de decidirse apareció Kostas y al sentarse con ellas le cortó las ganas de charlar con las forasteras. Por lo que sabía, las mujeres españolas eran románticas, pero los hombres –y por español tomó a Kostas– eran celosos y pendencieros. Aunque extraer semejante deducción del beatífico rostro de Kostas tenía su mérito.

El griego despedía un saludable olor a pepino cuando se sentó junto a sus amigas. Llevaba un periódico debajo del brazo y con él un librito de historietas que había comprado en una tienda de baratillo. Las chicas, por el cansancio, le acogieron sin mucho entusiasmo aunque suficiente para aceptar la invitación a otra cerveza que realizó Kostas nada más llegar. También le arrebataron el periódico y el cómic mientras él encargaba las bebidas. Por mirar algo. A Elena le tocó el tebeo y en seguida se dio cuenta de que no le interesaba mucho esa clase de literatura.

–«Zarpa de acero contra los hombres mosca» –dijo leyendo el título–. Casi mejor me dejas la mitad del periódico –añadió mientras observaba en la portada el aspecto francamente repulsivo de los mosquihombres.

Nuria separó los dos cuadernillos de que constaba aquella sábana disfrazada de periódico, se quedó con la primera parte, la de internacional, política, sucesos y deportes, y pasó a su amiga el resto, los apartados de sociedad, cultura, espectáculos y pasatiempos.

Cuando volvió Kostas con las cervezas y las vio enfrascadas en la lectura, respondiendo con monosílabos a sus intentos de conversación, optó por leer también y se enganchó a los hombres mosca como único recurso para no quedarse mirando el perchero mientras a ellas les durase el interés por las noticias. Al griego le gustaban aquellos tebeos antiguos de superhéroes mutantes que en cada viñeta se partían el pecho contra las fuerzas del mal, a través de páginas y páginas llenas de onomatopeyas y de dibujos oscuros y amazacotados entre los que había que descubrir a tientas las frases de los protagonistas. Aunque a Kostas no le molestaba la dificultad para leer los diálogos. Él pasaba las páginas y seguía la historia por sus imágenes, golpe a golpe hasta el desenlace final, sin preocuparse mucho por lo que decían unos personajes no muy dotados para la dialéctica.

Durante unos minutos, ninguno de los tres dijo nada ni abrió la boca para otra cosa que no fuese dar un trago de cerveza. Elena fue la primera en recordar que estaban en comunidad comentando con sus compañeros algo de lo que leía.

–Ayer inauguraron la exposición de Goya. Habrá que ir a verla.

–Yo no voy –comentó Nuria apartando su atención de la crónica de sucesos–. En esas exposiciones, como están poco tiempo, se forman unas colas impresionantes. Yo no pienso estar dos o tres horas esperando para mirar un montón de cuadros que puedo ver cualquier día en España.

–Yo sí quiero ir –intervino Kostas–. Me gusta mucho Goya. *La guapa desnuda* y también *La guapa con ropa* y más cuadros.

–Pues ésas no están –dijo Elena captando la alusión de Kostas a las majas goyescas.

–No importa. Los otros cuadros también son bonitos –dijo el griego, incapaz de recordar un solo título más.

–Ya iremos –remachó Elena, dejando el periódico sobre la mesa porque ya tenia suficiente vistazo.

Nuria, a pesar de sus recelos ante las muestras pictóricas multitudinarias, cambió el objeto de su atención y tomó las páginas que dejaba Elena para curiosear sobre la exposición, más que nada por la novedad de encontrar en Londres una referencia hispánica que no tuviera nada que ver con *au pairs,* camareras, futbolistas o bailaores de flamenco.

El diario dedicaba una página completa a informar sobre el acontecimiento cultural, ilustrada con dos grandes fotografías. En una de ellas aparecía una de las obras del pintor aragonés y en la otra se veía a la princesa de Gales rodeada por un grupo de personas durante el acto de inauguración. Nuria se estaba fijando en el modelito de la princesa, poco afortunado para su gusto, cuando un pequeño detalle le llamó la atención: sobre el fondo oscuro de la solapa de uno de los hombres que aparecía detrás de la princesa se dibujaba nítidamente, en un tono más claro, la silueta de una cabeza de perro.

–¡Pero si es la *Kira!* –exclamó absolutamente perpleja.

Elena y Kostas la miraron a la espera de que aclarase cuál era el motivo de su sorpresa, pero lo que añadió no les sacó de dudas.

–Necesito una lupa –dijo Nuria, muy excitada–. ¿Quién tiene una lupa?

–No te da igual un microscopio –contestó Elena, mientras Kostas aún intentaba traducir la palabra *lupa.*

Nuria no le prestó atención. Miró a su alrededor, vio que en una de las mesas había dos hombres mayores bebiendo sendas pintas de cerveza y que uno de ellos usaba gafas para leer. «Como las de mi padre», pensó Nuria. Se levantó con el periódico en la mano y fue directa hacia él.

Elena y Kostas se preguntaron qué pretendía. El anciano de vista cansada, que no la vio venir hasta que la tuvo encima, se sobresaltó cuando Nuria se plantó a su lado y le habló a bocajarro.

–¿Sería usted tan amable de dejarme sus gafas un minuto? –preguntó Nuria esmerándose en la pronunciación.

El hombre posó en la mesa la pinta de cerveza que acababa de llevarse a los labios. Ni siquiera le dio tiempo a limpiarse la espuma que le había quedado en el bigote. Miró a Nuria de arriba abajo y luego se volvió hacia su compañero de mesa para mostrar su perplejidad.

–¿Alguna vez te han pedido una cosa igual, John?

–Nunca, Harry. A mí sólo me piden dinero.

El hipermétrope volvió la mirada hacia Nuria y, antes de preguntarle para qué las quería, ella le explicó que sólo pretendía apreciar mejor un detalle que había observado en una fotografía.

–¿Es importante? –preguntó el hombre.

–Muy importante –respondió Nuria tajantemente.

–Déjaselas, Harry –intervino el otro anciano–. Debe de ser la primera vez que una mujer te quiere quitar algo de encima. Es tu día de suerte. La próxima te pedirá los pantalones.

El tal Harry, todavía perplejo, obedeció a su amigo y se quitó las gafas.

–Más vale que no lo sepa mi mujer.

Nuria se apresuró a recogerlas, repitiendo varias veces «gracias, gracias». Sus amigos la miraban sin dar crédito a lo que veían.

–Nuria está loca de empaquetar –murmuró Kostas.

Por una vez Elena pensó que Kostas había acertado la expresión: mejor que atarla, a Nuria había que empaquetarla y devolverla a casa antes de que desprestigiase más a los latinos con salidas de tono como la que estaba protagonizando delante de todo el bar. Al menos los de las mesas próximas no perdieron detalle cuando Nuria recogió las gafas y, sin colocárselas, acercó una de las lentes a la foto del periódico y miró a través de ella mientras guiñaba el otro ojo con un gesto de concentración y esfuerzo que no lo hubiera mejorado Sherlock Holmes.

Con el aumento, Nuria corroboró lo que ya era una evidencia a simple vista: la insignia que llevaba aquel individuo en la solapa era la misma de la sociedad de cazadores que presidía su padre y la cabeza de perro que reproducía no era otra que la de *Kira,* la mejor perra que había tenido el señor Mainar en sus muchos años de cazador. Por tanto, o aquel tipo de la foto pertenecía al club de cazadores o bien había cogido la insignia de la maleta de Nuria porque ella siempre la llevaba prendida en su abrigo.

Devolvió las gafas a su propietario, se deshizo en disculpas y agradecimientos, y retornó junto a sus alucinados amigos.

–¿Se puede saber qué te pasa? –preguntó Elena.

–Ya te lo voy a contar –dijo Nuria, muy excitada, antes de dar un trago de cerveza para aclararse la voz–. Verás: mi padre es presidente de una sociedad de cazadores. Hace tiempo, para una de esas fiestas que organizan, encargaron que les hiciesen unas insignias para regalar a todos los socios y como no tenían escudo ni nada discutieron si hacían una insignia de una escopeta o de un perro, y al final salió ganando la idea del perro. Mi padre se encargó de todo. Como tenía debilidad por una de sus perras, llevó una foto para que hicieran las insignias reproduciendo la cabeza de la *Kira.* Bueno, pues mirad lo que lleva este señor de la foto –Nuria les enseñó el periódico–: ésta es la insignia del club de mi padre.

Elena y Kostas observaron la foto sin comprender todavía por qué tanto interés.

–Si me dices que es *Milú* o *Pluto* también me lo creo –comentó Elena.

–De eso nada. Si fuesen *Pluto* o *Milú* los distinguirías perfectamente porque estás acostumbrada a verlos y sabes cómo son. Por eso mismo yo te digo que este perro es mi perra, la *Kira*. No tengo ninguna duda.

–¿Y por eso tanto alboroto? –insistió Elena–. ¿Porque has encontrado en un periódico inglés a un colega de tu padre?

Kostas permanecía en silencio, sin saber muy bien adónde conducía todo aquello.

–No creo que sea un cazador. No me suena su cara. Lo que pasa es que yo llevaba esa insignia puesta en mi abrigo, dentro de la maleta. ¿Entiendes? Lo que quiero decir es que quizá este tío sepa dónde está mi maleta.

«Esta chica nos va a llevar otra vez al metro», pensó Kostas cuando oyó hablar otra vez de la maleta. Elena pensó cosas peores y algunas las dijo en alto. Pero no sirvió de nada. Cuando Nuria estaba convencida de algo, era difícil disuadirla. Existían muchas posibilidades de que aquel pin de fanáticos de la caza hubiera llegado a la solapa del desconocido de la foto por la vía de algún obsequio familiar, pero también existía la posibilidad remota de que hubiera salido de su maleta. Y a ese clavo ardiendo se agarró Nuria para resucitar la búsqueda de sus efectos personales, jurándose que no pararía hasta averiguar quién era ese personaje que aparecía serio en el grupo encabezado por el embajador español y la princesa de Gales.

VII

En la sala de juntas de la sede central del Westland Bank se oía un murmullo nervioso antes de que se abriese la puerta para dar al paso al presidente, que avanzó sin saludar a nadie y ocupó su silla en la cabecera. Todos los ejecutivos enmudecieron al verle entrar y le siguieron reverencialmente con la mirada sin perder uno solo de sus movimientos.

Hubo un minuto tenso en el que nadie dijo nada. El presidente se quedó mirando la mesa, como si meditase las palabras que iba a dirigir, mientras todos los demás le miraban expectantes. Por fin dio muestras de haber pensado una frase solemne, levantó la cabeza y habló a la concurrencia.

–Amigos, nos han jodido bien jodidos.

Las palabras del presidente, incluso su acento, tenían poco que ver con las que había pronunciado en presencia de la princesa durante la inauguración. Ni siquiera en la intimidad del banco utilizaba ese vocabulario. Su equipo directivo no tuvo ninguna duda de que estaba muy afectado.

–Como ya sabrán todos, anoche se descubrió que una de las obras de la exposición no es un *goya,* sino una vulgar copia hecha con medios mecánicos. Todavía no sabemos cuándo desapareció el original, pero todas las televisiones británicas, todas las televisiones españolas, todas las televisiones y todos los periódicos del mundo van a decir que somos nosotros, el Westland Bank, quienes hemos perdido ese cuadro. ¿Saben lo que eso supone?

Todos lo intuían, pero nadie quiso responder a la pregunta.

–Se lo diré yo. Supone que nos hemos convertido en la vergüenza de la banca mundial. Supone el mayor desprestigio de esta entidad en más de setenta años de historia. Supone que miles de personas evitarán confiar sus ahorros a quienes no somos capaces de guardar un cuadrito de cuarenta centímetros. Eso supone. Un desastre total. Concebimos una operación de promoción que se ha convertido en la peor publicidad negativa que hemos padecido en más de medio siglo.

No había nada que comentar. Quien más quien menos pensaba cómo repercutiría el robo en su situación personal, y la inquietud era proporcional al grado de implicación en la organización de la exposición. El presidente tampoco tenía mucho más que añadir.

–Quiero ese cuadro al precio que sea –dijo golpeando con el dedo índice sobre la mesa–. Y no vamos a esperar a que la policía lo encuentre. Hagan lo que tengan que hacer.

El presidente se levantó y abandonó la sala. Los ejecutivos se miraron unos a otros sin saber muy bien qué debían hacer.

–Recemos –dijo el único al que se le ocurrió algo práctico.

■

Después de repetir varias veces «sí, ministro», «descuide, ministro», «lo que usted diga, ministro» y otras reverencias parecidas, el embajador colgó el teléfono y exclamó:

–¡La madre que parió al ministro!

A su alrededor, en su despacho, había varios funcionarios de la Embajada, entre ellos Adolfo Salmerón, que seguían con interés su conversación telefónica con Madrid, con el ministro de Cultura. El embajador les había convocado en cuanto se conoció la noticia del robo.

–Ya habéis visto que no me ha dejado meter baza –prosiguió el embajador–. ¡Menudo genio gasta el ministro! Pero se ponga como se ponga, nosotros sólo tenemos que rendir cuentas a Exteriores. Eso lo primero. Además, nosotros sólo hemos hecho de intermediarios y de apoyo, y nada más. De diplomáticos, que es lo que somos. Si se ha perdido el cuadro, no es cosa nuestra. En Cultura dicen que ese cuadro tiene que aparecer como sea, que estemos encima de la policía, del banco que organizó la exposición y de la reina si hace falta, pero que presionemos para que aparezca el cuadro.

Todos escuchaban atentamente. Salmerón, además de atento, estaba ligeramente nervioso, algo que parecía natural pues nadie como él, de los allí presentes, había tenido tanta relación con los cuadros.

–Haremos lo que nos piden, pero que quede claro que no somos detectives. Me vais a gestionar una entrevista con Wilson, el ministro del Interior, y alguien que se encargue de ponerse en contacto con el banco y con el Foreign Office. Cada cual que haga lo que pueda.

–¿Me pongo en contacto con la policía? –preguntó el agregado militar, el más dispuesto a lavar la afrenta del robo.

–No hace falta, Bernal. Ya le diré al ministro que nos

tenga informados. Bueno, cada uno a lo suyo y que no cunda el pánico. Ante todo, somos diplomáticos.

El embajador disolvió la reunión y mientras todos sus ayudantes se desperdigaban se quedó meditando si podría citarse con Trini o si el robo le fastidiaría sus planes. «Tanto cuadro, tanto cuadro –pensó–, seguro que si me secuestran a mí ningún ministro se preocupa tanto.»

■

«El secreto del éxito está en trabajar solo –se repetía Salmerón una vez a solas en su despacho–. Sin cómplices no hay delatores», pensaba para convencerse de que todo iba a salir bien. «Silencio absoluto y ninguna precipitación», maquinaba como estrategia para no ser descubierto.

Todo se desarrollaba de acuerdo con sus planes. El robo se había descubierto unas horas más tarde de lo que había previsto. No al principio de la mañana, sino cuando estaba a punto de cerrarse al público el primer día de la exposición. Fue una visitante de mediana edad la que reparó en el plátano y después pegó la nariz al cuadro y comprobó que la textura no era la de un lienzo. En cuanto comentó sus sospechas con un vigilante, el escándalo echó a rodar.

Ahora tenía que dejarlo enfriar unos días. Moverse con naturalidad. Permitir que creciese la inquietud. Y perfilar mejor la forma de cobrar el rescate porque todavía dudaba si debía hacerlo a través de Suiza, Panamá o las Antillas Holandesas. No había prisa.

El cuadro estaba seguro: allí donde fuese él, lo llevaría consigo. Seguía en su espalda. Había preferido eso a dejarlo en casa. Por si a algún sabueso se le ocurría registrar los domicilios del personal de la Embajada y porque en caso de apuro siempre le resultaría fácil deshacerse de una chaqueta. Simplemente había mejorado el transporte descosiendo el forro de la americana, sujetando la tela de Goya por dentro con cuatro cuidadosas puntadas y volviendo a coser el forro de la prenda.

«Si el embajador supiera lo cerca que está del cuadro», pensó mientras recordaba su destreza con la aguja para preparar el escondite móvil. Nadie podía sospechar en la Embajada que el autorretrato de Goya se paseaba por el edificio como un espectro alojado en el dorso del discreto agregado cultural.

«Nervios de acero, silencio absoluto, naturalidad –se repetía Salmerón–, y paciencia infinita, aunque haya que esperar diez años para disfrutar del robo. Por lo menos tendré una jubilación dorada. Éste sí que es un buen plan de pensiones.»

Después encendió un purito para relajarse y siguió pensando cuáles serían sus siguientes pasos.

■

El inspector Cullimore miró detenidamente a través de su lupa repasando el falso autorretrato. Al llegar a la mano derecha de Goya se detuvo unos instantes.

–¿Qué había en lugar del plátano? –preguntó.

–Un pincel.

Varios policías le rodeaban. Habían desembarcado todos ellos en las salas de exposición para examinar el lugar del robo. Durante varias horas habían interrogado a numerosas personas y examinado minuciosamente los alrededores de la pared donde colgaba la réplica trucada que ahora observaba con curiosidad el inspector.

–Quienquiera que fuese, deseaba que se descubriese pronto –dijo Cullimore–. Por eso utilizó una copia tan tosca y además incluyó el plátano. Probablemente no estamos ante un ladrón profesional, sino ante un individuo con afán de notoriedad. Es más, tengo el convencimiento de que no es inglés. ¿Qué inglés pintaría un plátano? Es la última cosa que se le ocurriría incluir. Antes hubiese puesto un rotulador, o una manzana, si prefieren que sigamos con las frutas.

–Entonces puede tratarse de un español –aventuró otro de los policías.

–Quizá, pero yo pensaría mejor en un americano. Alguien del Caribe, por ejemplo. Un español tampoco colocaría un plátano. Quizá un cuchillo. El plátano es algo caliente. Piensen en Jamaica, en Cuba, en Colombia. Cuando piensas en esos países se te llena la cabeza de plátanos.

A la mayoría de los policías que rodeaban a Cullimore se les llenó la cabeza de mulatas esculturales moviendo las caderas, y sólo a uno que hizo un especial esfuerzo se le llenó la cabeza de cocoteros al pensar en Jamaica, Cuba, Colombia. Bananas no vieron ni una. Pero el inspector estaba convencido.

–No descarto que el ladrón sea ruso o de Brighton, pero vamos a investigar entre los sudamericanos. No todos se dedicarán a la cocaína. Habrá alguno relacionado con el arte.

A Cullimore le faltaba saber lo que pedía el ladrón para extraer alguna conclusión con más fundamento. Pero mientras llegaba la reivindicación y las condiciones para devolverlo, como por algún sitio había que empezar, le pareció que la conexión sudamericana daba un toque exótico muy apropiado para empezar la investigación. No todo iba a ser interrogar a vigilantes, anticuarios y personal de la organización. Había que dar la sensación de que se contaba con alguna pista, y por eso Cullimore se agarró al plátano con tanta fe como un chimpancé hambriento.

■

Elena comentó que aquel pub, el Golden Lion, era el más pijo que había pisado desde que estaba en Londres. Kostas, que nunca había oído antes esa palabra, supuso su significado y la anotó mentalmente para usarla –mal, como de costumbre– en alguna otra ocasión.

En el Golden Lion había tipos con corbata recién salidos de la oficina y rubias con el pelo cardado y la nariz respingona de tanto llevarla levantada. Ejecutivos de todos los sexos celebrando el final de la jornada. Era un sitio mucho menos familiar que el White Hart, en el que habían parado sólo por ser el más cercano a la redacción del *London Chronicle*, donde en esos momentos Nuria intentaba arrancar algún dato sobre el tipo de la insignia.

Kostas y Elena la esperaban allí, en aquel bar de oficinistas donde sólo ellos desentonaban con la decoración, leales con su amiga hasta el punto de acompañarla a ese barrio, pero no tanto como para invadir con ella la redacción del diario.

Con la sesión del metro ya habían tenido bastante. Aunque esta vez no les habría supuesto un gran sacrificio escoltar a Nuria porque su paso por el periódico fue muy breve.

Nuria se reincorporó al grupo cuando sus amigos sólo habían consumido una cerveza. El tiempo suficiente para entrar en el periódico, preguntar por el periodista que firmaba la crónica de la inauguración y hablar con él un par de minutos.

Por la cara que traía al entrar, se notaba que no había logrado una gran exclusiva.

–Me parece que has tenido tanta suerte como en el metro –dijo Elena en cuanto la vio llegar.

–Casi –suspiró Nuria.

–Cuenta.

–De la exposición lo único que les interesa es el robo.

Estaban revolucionados con ese asunto. Pero bueno, por lo menos he podido hablar un momento con el que estuvo en la inauguración. De la foto sólo recordaba a los dos que hablaron, el presidente del banco y el embajador. Y a la princesa, claro. De los que hay detrás dice que pueden ser guardaespaldas, gente del banco o de la organización.

–El tuyo es de la organización –aseguró, tajante, Elena.

–¿Tú crees?

–Seguro. No tiene cara de guardaespaldas y si fuese del banco no llevaría una insignia con un perro. Llevaría algo más formal. Además, si el perrito es el del club de cazadores, entonces ese hombre tiene que ser español. Es normal que haya un español entre los organizadores, pero los banqueros y los guardaespaldas serán todos ingleses.

–Puede ser... –admitió Nuria.

–Elena tiene más verdad que un santo –dijo Kostas, convencido por la argumentación.

–Así que ahora te toca ir a la exposición –prosiguió Elena–. Ahí no hace falta que nos pidas que te acompañemos. Después de todo, tú eras la que no querías ir.

Nuria pensó que ése era un buen argumento para cambiar de opinión y propuso no aplazar más la visita a Goya. Irían al día siguiente. Estaba dispuesta a hablar con los cuadros de las paredes con tal de seguir la pista al hombre de la insignia.

VIII

El inspector Cullimore levantó un papel y luego el que estaba debajo, y luego otro y así varios. Tenía la mesa llena de informes que había acumulado a lo largo de la mañana. No faltaba nada. Allí estaba la lista de todas las tiendas de antigüedades de Londres y el nombre de algunos de sus principales clientes; el lugar exacto donde se hallaban todas las obras de Goya que había en Gran Bretaña, tanto en museos como en colecciones privadas; la historia detallada del cuadro sustraído; una pequeña biografía de Goya; unos cuantos nombres de latinoamericanos residentes en Londres relacionados con el mundo artístico –incluyendo actores y escritores–; un documento de la Interpol sobre las relaciones de algunos narcotraficantes con el comercio ilegal de obras de arte; una relación detallada de todas las obras que se exponían, su cotización, su procedencia y el modo como habían llegado, concretando el nombre de la compañía que había realizado el transporte y el método empleado; los nombres de los más famosos ladrones de arte europeos y su situación actual –alguno estaba en prisión, lo que según Cullimore no le descartaba porque desde la cárcel también se podía planificar un robo– y varias cosas más, la última de ellas un resumen de los mensajes reivindicativos del robo que ya se habían recibido en diferentes medios de comunicación.

Al otro lado de su mesa, tres policías asignados al caso le miraban esperando sus instrucciones.

–Bien –carraspeó Cullimore–. Ya tenemos algunas cosas para empezar a trabajar. Echo en falta los talleres de enmarcación.

–Los tendremos esta tarde –dijo uno de los subordinados.

–Bien. Eso es importante. También sería bueno repasar los establecimientos donde se puede hacer una de esas copias por ordenador.

–Todos los de Londres han sido consultados ya y ninguno recuerda haber hecho ese trabajo –dijo otro de los policías–. Investigaremos en otras ciudades.

–Estupendo. Entonces vamos a ver quién lo ha reivindicado.

–Unas doscientas personas –intervino el tercero–, incluyendo varios grupos terroristas. Sólo entre las redacciones de *The Guardian* y *The Times* han sumado sesenta llamadas diferentes adjudicándose el robo. Todos los demás periódicos también nos han comunicado alguna, además de la BBC y varias emisoras de radio.

–¿Y qué pedían?

–De todo. Desde la independencia del Kurdistán a dos millones de dólares, pasando por la devolución de Gibraltar o la dimisión del primer ministro.

–¿Goya tiene algo que ver con el Kurdistán? –preguntó extrañado Cullimore.

–No. Ésa es de las menos creíbles.

–¿Cuántas hay que puedan ser verosímiles?

–No muchas. Unas seis.

–¿En el Westland Bank han recibido alguna llamada?

–Sí, varias. Pero no dan crédito a ninguna.

–¿Y del plátano? ¿Han dicho algo del plátano?

Los tres ayudantes se miraron entre sí. Ninguno tenía noticias de que ese detalle hubiera surgido entre los comunicantes anónimos ni entendían bien la obsesión de su jefe por esa pista. Pero Cullimore estaba convencido de que en ese dato había una clave oculta e intuía que en las próximas horas, las que pasarían repasando el material recopilado, hallarían algo entre los papeles que los llevaría hasta el plátano.

■

Stan Heaton y Norman Whitaker entraron en la exposición goyesca confundidos con la multitud que hacía cola, pero sin poder disimular su condición de husmeadores.

–No vuelvas a ponerte esa gabardina. Pareces el gemelo del teniente Colombo –refunfuñó Heaton.

La gabardina de Whitaker no era muy diferente de la suya. Eso era lo que realmente le molestaba: parecer que iban uniformados, llamar un poco la atención cuando su obligación de detectives era pasar completamente desapercibidos.

Heaton y Whitaker trabajaban para Tower National Assurance (TNA), la gran compañía de seguros cuyo capital mayoritario era del Westland Bank. Su especialidad era descubrir a los simuladores de accidentes. Conocían todos los trucos empleados para quemar una empresa o matar a un familiar para cobrar el seguro. Eran obstinados y tenaces, y tan bruscos como requiriera cada caso. Si el objeto de su vigilancia era una ancianita sospechosa de haber envenenado a su marido, la trataban con tanta delicadeza como si fuera su abuela aunque no cejaran en su empeño por llevarla a chirona. Pero si había que retorcerle un brazo a un empresario para que confesase que había prendido fuego a su almacén, también lo hacían sin inmutarse ni cuando se oía crujir el hueso. Así eran Heaton y Whitaker, dos profesionales de contrastada eficacia a los que las circunstancias colocaban ahora en un terreno desconocido.

TNA había asegurado la exposición en su totalidad mientras estuviese en suelo inglés y ellos eran la esperanza de la compañía para no soltar un chelín y la del banco para recuperar su prestigio. Les habían pedido que descubriesen al ladrón y que se adelantasen a la policía. Algo bastante más complicado que buscar el fallo cometido por un simulador de desgracias. Heaton y Whitaker solían iniciar cada investigación con la ventaja de conocer el suceso y el beneficiario, este último convertido siempre en posible sospechoso. En esta ocasión sólo había un incidente comprobado, pero ni sombra de su autor. Se apartaban un poco de su especialidad, pero estaban dispuestos a lograrlo. Este trabajo tenía precio especial. No valía lo mismo que cazar a un tendero tramposo de Lincolnshire. Merecía la pena esforzarse.

Una vez dentro de la sala de exposiciones perdieron poco tiempo mirando los cuadros. Sólo lo necesario para llegar hasta el hueco del robado sin preguntar a nadie.

Grupos de personas se arremolinaban delante de cada obra, algunos de ellos ilustrados por profesores o guías que recitaban su sabiduría pictórica con la amenidad de un papagayo y la modestia de un pavo real. Ante la pared donde por unas horas colgó el falso *goya* no había expertos ni explicaciones, pero no faltaban los que se detenían brevemente, señalaban el hueco y hacían algún comentario sobre la obra robada. Heaton y Whitaker, con discreción, hicieron más o menos lo mismo. Observaron detenidamente el lugar con todo lo que tenía alrededor y lo primero en que repararon ambos fue en su cercanía con la salida hacia un servicio. Y allí se dirigieron en comandita, los dos juntitos camino del lavabo, como haría un par de colegialas en un bar, aunque de ellos se podían sospechar cosas peores que la idea de empolvarse la nariz.

En el baño no observaron nada irregular, pero ambos tenían el presentimiento de que allí había estado el ladrón, quizá escondido mientras preparaba el golpe. Antes que ellos, la policía había pasado por el mismo sitio con un sentimiento muy parecido, confirmado por la aparición de los trozos del marco original metidos en la cisterna. Eso lo desconocían Heaton y Whitaker, pero tampoco era un dato que hubiera servido de mucho a los policías: sólo para confirmar lo que ya se preveía, que el robo se había cometido en ese lugar y no durante los traslados, aunque por razones de seguridad en la investigación no quisieran desvelar el hallazgo.

Heaton y Whitaker no encontraron ninguna huella sospechosa, sólo ese aroma especial que percibían en los lugares donde les olía a delito, y eso a pesar de que allí difícilmente se podía oler otra cosa que no fuese un potente ambientador con un repelente aroma a pino de plástico, un olor dulzón y pegajoso que les dejó la nariz aletargada.

Salieron para seguir merodeando por las salas, para hablar con algún vigilante que les contase alguna cosa sobre el día de la inauguración y echar un vistazo a los diferentes rincones –las ventanas, los despachos, las cortinas– por donde podían desaparecer un hombre y un pequeño cuadro.

En eso estaban cuando Heaton se fijó en alguien que parecía imitarles. Observó a una chica que dialogaba con el personal de la sala que estaba a la entrada, mostrándoles un papel sobre el que parecía preguntar algo. Sintió curiosidad por saber qué podía indagar aquella joven. Le dijo a Whitaker que se separase de él, para no llamar la atención, y disimuladamente se aproximó al lugar donde Nuria andaba haciendo preguntas con su recorte de periódico.

■

Nuria, Elena y Kostas llegaron juntos a la exposición y una vez dentro se desperdigaron. Elena y Kostas se encaminaron a ver los cuadros y Nuria comenzó a preguntar a los trabajadores del centro si conocían al tipo de la foto, al de la insignia del perro en la solapa. En eso estaba cuando Stan Heaton se fijó en ella.

El primero, el segundo y el tercero a los que Nuria preguntó no sólo mostraron desconocimiento, también hicieron gala de desinterés. Observaron la foto con desgana, dijeron no saber nada de aquel individuo y se desentendieron pronto de Nuria para centrarse en sus tareas de control y vigilancia. La cuarta persona a la que Nuria mostró la foto fue una de las chicas que atendían la consigna, donde se dejaban los bolsos y paraguas que estaba prohibido introducir. En ese momento Heaton ya se había situado a un par de metros de ella e intentaba discernir cuál era el objeto de sus pesquisas.

Nuria se encontró por fin con alguien dispuesto a colaborar. La del guardarropa no sabía nada, pero le pidió a Nuria que esperara un momento y utilizó el teléfono interior para comunicar con alguien a quien solicitó que pasara un momento por el mostrador. Ese alguien resultó ser uno de los técnicos de la sala de exposiciones, quien reconoció inmediatamente al personaje de la foto por haberlo visto a menudo durante los últimos meses.

–Es un funcionario español –dijo sin dudar–. ¿Por qué quiere saberlo?

–Bueno, es un poco largo de explicar –respondió Nuria–. ¿Usted sabe dónde podría encontrarlo?

–Es un funcionario de la Embajada española, es todo lo que puedo decirle. Aquí estuvo varias veces mientras se preparaba la exposición. ¿Por qué lo busca?

Nuria no se sentía con ánimos para explicar su larga historia, pero tampoco le parecía bien dejar sin respuesta al único que la había ayudado. Así que improvisó algo para salir del paso.

–Vinimos en el mismo avión y por error me quedé con algo suyo. Fue una sorpresa verlo en el periódico. Sólo quería devolvérselo. Eso es todo. Muchas gracias por su ayuda.

Nuria se escabulló para no responder a más preguntas y se dirigió hacia el interior para buscar a sus amigos.

El técnico se quedó extrañado. Y Heaton aún más. El detective sólo había entendido que ella buscaba a un hombre relacionado con la exposición, alguien que su interlocutor identificó en la foto como un funcionario español. Eso era todo lo que había captado. Después siguió a la chica, pero antes se juntó con Whitaker y le pidió que fuera él quien se aproximase ahora –para no levantar sospechas– e intentase oír algo de lo que hablaban.

Hicieron el relevo. Heaton se quedó entre los grupos que admiraban los cuadros de la entrada y Whitaker se fue hacia dentro en busca de Nuria. La localizó en seguida. Se había juntado con un chico y una chica, con quienes hablaba dando la espalda a un gran cuadro costumbrista. Whitaker se pegó lo más que pudo a ellos, mientras simulaba buscar la mejor posición para observar el cuadro. Nuria explicaba a Elena y Kostas su descubrimiento de la personalidad del hombre de la insignia y su decisión de pasar cuanto antes por la Embajada para hablar con él. Whitaker no entendía una palabra: hablaban en español. Pero estaba dispuesto a hacer averiguaciones y le pareció, por el tono empleado, que aquellos jóvenes tramaban algo.

–Va a ser muy emocionante encontrarte con un colega de tu padre –decía en ese momento Elena–. A lo mejor montáis aquí una sucursal del club de cazadores.

–Sí, con la sede en el Hotel Lancashire –dijo Nuria, ya muy acostumbrada al escepticismo de su amiga en torno a la maleta.

Cada una de esas palabras le pareció a Whitaker motivo de sospecha, pero sólo pudo memorizar dos de ellas: «Hotel Lancashire», las únicas que le sonaron en algo parecido al idioma inglés. Después vio a Heaton hacerle gestos desde el otro extremo de la sala y abandonó la escucha para acudir junto a su compañero.

–¿De qué hablaban? –preguntó Heaton, expectante.

–No lo sé. Estaban hablando en español o algo parecido. Pero parece que se traen algo entre manos. Lo único que he podido entender era que nombraban un hotel: el Lancashire. ¿Lo conoces?

–No. ¿Eso es todo?

–¿Qué más quieres?

–Algún nombre, algún dato interesante...

–Dos semanas en Mallorca no dan para aprender mucho español. Vete tú a escuchar a ver si entiendes algo más –respondió Whitaker un tanto enojado.

Heaton estuvo a punto de hacerlo, sólo por orgullo, no porque entendiera más de idiomas que su colega. Pero cuando levantó la vista y buscó al trío extranjero, Nuria, Elena y Kostas ya habían desaparecido. Seguían el recorrido de la exposición, pero Heaton pensó que se habían largado y decidió que ellos tampoco tenían mucho más que hacer allí.

–Vámonos –dijo secamente–. Lo más probable es que no sea nada interesante. El primer día de investigación siempre vemos sospechosos por todos los lados.

Y se fueron envueltos en sus gabardinas, suspirando por un caso de los buenos, un accidente con humo o sangre, y no ese compromiso de guante blanco excesivamente refinado para sus gustos.

IX

¿Cuántos días puedo vestir la misma americana sin levantar sospechas? –pensó Adolfo Salmerón en su enésimo repaso mental a la seguridad del botín que guardaba–; lo máximo que puede pasar es que me tomen por un guarro. Pero, vamos a ver, ¿acaso yo me fijo alguna vez en cómo visten los demás en la Embajada? Sería incapaz de recordar lo que llevaban ayer Bernal, o Lizarralde, o el propio embajador. Los hombres no nos fijamos en esas cosas. Las mujeres sí, pero sólo cuando un hombre les interesa. Y ése no es mi caso. Ninguna funcionaria de la Embajada se ha fijado jamás en mí. Podría venir a trabajar desnudo y no me mirarían. Y aunque me viesen un mes seguido con las mismas prendas pensarían que me renuevo poco, que visto siempre igual, lo que no significa vestir siempre lo mismo. El papa viste siempre igual, pero todos damos por hecho que no lleva el mismo hábito todos los días, que tiene varios de repuesto y que se muda de vez en cuando. Eso pueden pensar de mí. Y aunque pensasen otra cosa, sólo dirían lo de siempre, que soy un hombre aburrido para todo, hasta para vestir. No se preocuparían más por mí, como han hecho siempre. Jamás pensarían que oculto algo. Me gustaría que lo supieran algún día para que se llevasen una sorpresa. Lo dejaré escrito junto con mi testamento: diré que fui yo quien robó ese cuadro y pediré que lo cuenten a todos los que fueron mis compañeros durante estos años. Eso haré. Dejaré uno de esos mensajes que sólo pueden abrirse después de muerto.»

La chaqueta que conmovía sus pensamientos estaba colgada en el perchero de su despacho, desplegada cuidadosamente para permanecer bien abierta y evitar arrugas. Salmerón empezaba a pensar que convendría sacar el lienzo de ahí, pero todavía no se le ocurría un sitio mejor. En los últimos días no había tenido tiempo para pensar en muchas cosas. Se había esforzado por mantener su rutina diaria con absoluta naturalidad. Los nervios los había dejado para las noches, en la soledad de su apartamento, cuando había repasado despacio todo lo que decían los periódicos sobre el robo. Todos hacían conjeturas sobre los presuntos ladrones. Para unos se trataba de un robo de expertos que intentarían cobrar un suculento rescate por el cuadro, ya que una pieza así era imposible venderla en el mercado del arte, y que amenazarían con destruirlo en caso de no recibir lo que pedían. En ese sentido, un periódico lanzaba el rumor de que los ladrones habrían enviado un trozo de tela, una esquina del lienzo, para demostrar que lo tenían en su poder y que estaban dispuestos a hacerlo pedacitos. La policía desmentía esta información, pero el periódico daba más crédito a sus informadores que a Scotland Yard. La otra versión era que se trataba de una broma siniestra con el afán de desprestigiar a los organizadores o incluso a la propia policía inglesa. Esta idea se sustentaba en un antecedente todavía muy recordado: en 1966, durante la celebración de la Copa del Mundo de

Fútbol en Inglaterra, unos desconocidos robaron la copa «Jules Rimet», el trofeo de oro que por entonces se entregaba a los vencedores, mientras se hallaba expuesta en Londres. Los ladrones mantuvieron en jaque a la policía durante varios días y finalmente abandonaron el galardón en un parque, envuelto en papeles de periódico. Nadie supo jamás quién había perpetrado el robo. La policía y las autoridades británicas tardaron mucho tiempo en olvidar aquella humillación realizada en medio de un acontecimiento observado con expectación desde medio mundo, lo que dio mayor publicidad al incidente.

Salmerón pensaba que los periódicos no iban muy desencaminados en sus apreciaciones, que ambas ideas encajaban con sus planes al ejecutar el robo. En donde fallaban era en el número: todos hablaban de una banda, de un grupo de personas dispuestas a enriquecerse o a reírse. A nadie se le ocurría pensar que fuera la acción de un individuo aislado. Las convenciones sociales inclinaban a pensar que un hombre solitario se puede dedicar a cosas como estrangular vecinas y enterrarlas en el jardín, mientras que un robo de categoría siempre es responsabilidad de un clan. Ése era otro de los detalles que tranquilizaban a Salmerón. Todo saldría muy bien si mantenía la calma y sabía esperar su momento sin precipitarse.

Salmerón dejó de darle vueltas al asunto de la chaqueta. Quizá en pocos días, cuando pasase el revuelo inicial, se atrevería a dejarla en casa, metida en el armario, y vestir otra prenda mientras el lienzo permanecía allí tranquilamente, en ese forro donde seguramente a nadie se le ocurriría mirar. Bastaría con tener la precaución de no llevarla al tinte.

Miró el reloj y vio que era hora de marcharse. Esa tarde ya no había nada más que hacer. Se puso la americana y sintió un ligero escalofrío, lo único que no podía evitar cada vez que cargaba a su espalda el autorretrato de Goya. Después cogió el abrigo, comprobó que estaban bien apagadas las colillas del cenicero, cerró con llave los cajones de su mesa, apagó las luces y salió de su despacho.

Por los pasillos de la Embajada se cruzó con una mujer de la limpieza y un par de compañeros de los que se despidió con un escueto «hasta mañana». En el jardín no había nadie. Sólo las sombras de los árboles le acompañaron hasta la puerta de salida. Manuel no andaba por allí. Cruzó el portón y salió a la calle. Había poco tráfico y tampoco muchos caminantes. Lo habitual. Salmerón giró a la izquierda para dirigirse hacia el metro, pero apenas echó a andar, unas voces gritando en español le sobresaltaron.

–¡Eh, oiga, señor! ¡Espere, por favor, espere un momento!

Salmerón se volvió y vio a tres jóvenes, dos chicas y un chico, que cruzaban la calle a la carrera dirigiéndose hacia él. En ese momento tuvo el presentimiento de que sus planes se iban a torcer fatalmente.

■

Kostas acabó de picar las cebollitas, se limpió las manos con el mandil, alzó hasta la frente las gafas que usaba para evitar las lágrimas y dijo que se iba. Ya había picado bastantes hortalizas como para alimentar a un regimiento de caballería con sus jinetes y sus monturas, y aunque faltaban veinte minutos para su hora de salida oficial no se quedaría en el restaurante ni un segundo más. «El anticipo de hoy por los retrasos de mañana», pensó Kostas, habituado a salir más tarde muchos días en los que la faena se prolongaba. Hoy le venía bien un ligero adelanto: así podría acompañar a sus amigas a la Embajada.

Kostas llegó al White Hart cinco minutos antes de que

lo hicieran Nuria y Elena. Ellas habían acordado con el griego que pasarían por el pub antes de dirigirse a la Embajada y si no lo encontraban allí seguirían su camino, dando por hecho que Kostas no habría podido salir antes. Pero allí estaba, puntual y obediente, listo para seguir a sus amigas allá donde le llevasen.

El destino era Rutheen Road y el metro la forma más rápida de llegar. Nuria llevaba su plano de Londres, pero no calculó bien y se bajaron una estación antes de lo que les convenía. Tampoco era un gran inconveniente. Sólo unos cinco minutos más de paseo.

Recorrieron unas cuantas calles aledañas, con alguna ligera duda sobre el plano, pero no tardaron mucho en desembocar en Rutheen Road, y una vez allí en seguida distinguieron el edificio sobre el que asomaba una bandera roja y amarilla. Lo tenían casi enfrente. Y precisamente cuando estaban a punto de cruzar vieron salir a un hombre de la Embajada. Ya era de noche y les separaban unos metros de él, pero en el breve instante que estuvo bajo la farola de la entrada Kostas tuvo una intuición apoyada en su buena vista.

–¡Mira ese hombre! –exclamó–. Es el hombre de la foto.

Nuria y Elena no habían podido apreciarlo, pero se fiaron del lince que tenían por compañero y se lanzaron a cruzar la calle, con algún bocinazo de obsequio por la forma alocada en que lo hicieron, para comprobar si aquél era efectivamente el sujeto que buscaban.

–¡Eh, oiga, señor! ¡Espere, por favor, espere un momento! –gritó Nuria mientras cruzaban.

Salmerón se volvió al oír las voces y al ver a aquellos tres jóvenes que corrían hacia él sintió un estremecimiento, el pálpito íntimo de que empezaban los problemas.

Por primera vez se preguntó qué había hecho mal, qué detalle se le había escapado.

Cuando llegaron a su lado, a ninguno de los tres le quedó ya ninguna duda de que aquél era el hombre de la fotografía, con la única diferencia de que ahora se cubría con un abrigo y que el rostro de circunstancias que exhibía en el periódico acababa de transformarse en una mueca de pánico.

Nuria se apresuró a interrogarle.

–Usted trabaja en la Embajada, ¿verdad? –preguntó a bocajarro.

Salmerón asintió con la cabeza y dio un paso atrás instintivamente, mostrando abiertamente su recelo a los recién llegados.

–Y estuvo en la inauguración de la exposición de Goya, ¿no es cierto? –siguió Nuria.

El músculo cardiaco de Salmerón se aceleró en ese momento un doscientos por cien y apenas acertó a titubear una frase.

–¿Qué quieren? –dijo dando otro paso atrás–. ¿Qué quieren de mí?

Nuria quiso tranquilizarle y expresó sus deseos con su mejor sonrisa.

–Nada, sólo queríamos preguntarle por algo que llevaba usted en la chaqueta –dijo refiriéndose a la insignia.

Salmerón escuchó la frase como quien oye una sentencia de muerte. Toda su frialdad, todas sus previsiones y todos sus planes se vinieron abajo en un instante al sentirse descubierto. La sonrisa afable de Nuria él la tomó por un gesto irónico, y cuando la chica echó mano al bolsillo para sacar la foto y enseñársela, Salmerón pensó cualquier cosa menos eso. O quizá no pensó nada. Sólo que aquellos tres sabían lo que escondía en la chaqueta, que todo había salido mal, que no podía ser que le atrapasen así y que debía hacer algo. Y en ese momento, sin saber por qué, sólo porque estaba aterrorizado, porque en un momento así no se podían planificar las respuestas ni las reacciones, lo único que se le ocurrió fue correr. Dejarles plantados y correr. La idea más absurda de todas, porque ellos eran más y más veloces. Pero a Salmerón sólo se le ocurrió huir porque el pánico no le dictó otra orden. Y lo hizo sin mirar a nada ni a nadie. Simplemente salió corriendo sin fijarse siquiera en que se internaba en la calzada. Se lanzó a cruzar la calle como podría haberse lanzado dentro de una alcantarilla de haberla tenido abierta a su lado. Pero apenas dio cuatro pasos cuando, ante la mirada atónita de Nuria, Elena y Kostas, y la de algunas personas más que circulaban por la calle, Salmerón escuchó mezclados un estruendo y un chirrido agudo, y en ese momento recordó su primer día de escuela, la tarde en que aprendió a montar en bicicleta y otras anécdotas de su niñez. Y luego sintió que volaba y nada más. Ahí acabó todo.

No escuchó los gritos de los paseantes que observaban horrorizados su cadáver tras ser embestido por el autobús de dos pisos que, después de frenar bruscamente con un bocinazo, lo arrolló y lo mató en el acto.

■

A Meredith le extrañó que volvieran tan pronto. Otras veces que había tenido turno de tarde se había ido antes de que ellas llegaran o las había visto entrar coincidiendo con la hora de cierre de los bares. Pero por lo que él las conocía, Nuria y Elena no eran de las que pasaban en el hotel un minuto más de lo que dictasen sus obligaciones. Escapaban en cuanto podían, en cuanto aparcaban la bayeta y el plumero, y no volvían hasta que ya no las admitían en ningún otro sitio o no tenían más remedio que plegarse al sueño. De todo el personal del Lancashire, eran las que menos posibilidades tenían de perecer allí en caso de terremoto. Por eso le sorprendía verlas tan temprano.

–¿Qué pasa? –dijo Meredith al verlas entrar–. ¿El gobierno ha mandado cerrar los pubs?

Las chicas no se detuvieron. Gruñeron al unísono un «hola» rutinario y sólo Elena, que conducía a una Nuria un tanto desencajada, esbozó una justificación por su adelanto.

–Nuria no se encuentra muy bien –dijo mientras caminaban hacia su habitación–. Creo que se ha enfriado.

«Más bien será una borrachera –pensó Meredith cuando las vio perderse escaleras abajo–; eso si no es un embarazo o algo peor. No sé cómo las contratamos sin hacerles antes la prueba del sida.»

Lo que tenía Nuria no era contagioso. Era susto: la impresión mortífera de ver morir a un hombre arrollado por un autobús, de ser la última persona que había hablado con el muerto y de no entender la extraña reacción de aquel personaje cuando apenas había intercambiado unas palabras con él. Ni siquiera había podido gritar cuando el autobús lo arrolló. Se quedó petrificada en medio del alboroto que se armó. Recordaba a los peatones arremolinándose en torno al cadáver, al conductor descendiendo del autobús y llevándose las manos a la cabeza, incluso recordaba haber alzado la vista para ver a un niño, en el segundo piso del bus, que lloraba desconsoladamente tras haberse estampado contra el cristal por el frenazo. No recordaba, sin embargo, que Elena y Kostas la habían zarandeado para que reaccionara, atónitos ante lo que habían visto, urgiéndola a marcharse inmediatamente de allí para evitar más complicaciones. Y eso habían hecho. Correr sin pararse a preguntar por el accidentado porque era evidente que aquel individuo acababa de obtener la jubilación anticipada y eterna. «Lo ha dejado hecho sopa», había comentado Kostas cuando volvían en el metro, y Elena había sugerido volver a casa porque se le revolvían las tripas con sólo recordar el topetazo. No hablaron mucho más. Se despidieron de Kostas, que se marchó pensando que esa noche tendría pesadillas, y ellas volvieron al hotel para tranquilizarse.

–Todavía no comprendo qué ha pasado –murmuró Nuria tendiéndose en la cama de su habitación.

–Quizá pensó que ibas a robarle –dijo Elena mientras se tumbaba en la cama gemela.

–¿Acaso tengo aspecto de ladrona?

–Pues no creo que se lanzase a la calle así, de repente, para parar un taxi.

–No lo entiendo. Tal vez me confundió con alguien.

–Por la forma como echó a correr, sólo podía haberte confundido con Jack el Destripador.

–Quizá tendríamos que haber esperado a la policía para declarar lo que vimos.

–No te compliques la vida. Ya se lo contará el conductor del autobús, que seguro que lo vio mejor que tú. Sólo faltaría que te echasen la culpa del accidente. Entonces te quedabas sin maleta, sin trabajo, sin pasaporte y sin nada.

–¿Y si huyó porque me reconoció? ¿Y si su insignia era la mía y supo que yo era la dueña de la maleta y se escapó al sentirse reconocido?

–¿No dijiste que el que se quedó con tu maleta era un pelirrojo con gafas?

–Sí.

–Pues entonces no se parecía al muerto.

–Quizá tenían alguna relación.

–Sí, a lo mejor pertenecen a una banda internacional especializada en robar maletas en el metro, que casualmente tiene su sede en la Embajada de España. ¡Venga, Nuria, déjalo ya! Ese hombre echó a correr porque se asustó o porque precisamente esta tarde había decidido suicidarse. ¡Y vale ya con la maleta!

Nuria no estaba como para discutir. Aceptó la regañina y no volvió a hablar de su equipaje. Lo que no pudo olvidar fue el accidente, cuya imagen siguió dando vueltas mientras hablaron y también después, cuando se acostaron y no podía dormirse porque sus nervios aún no se habían apaciguado.

■

El doctor Hastings guardó la petaca de whisky en el cajón de su mesa al escuchar unos pasos en el pasillo. Ya era un poco tarde para esconder ante sus compañeros su afición a la bebida, pero siempre había tenido ese comportamiento infantil. Aunque su aliento oliese como la chimenea de una destilería y se le pusiera la nariz roja y cara de alambique, él siempre se cuidaba de esconder las botellas que consumía en horas de trabajo. Era una costumbre que había adquirido de estudiante, en la época de sus primeras prácticas, cuando presentía que nadie le dejaría manejar un bisturí si sospechaba que antes había estado empinando el codo, y ahora la mantenía a pesar de que en su caso nadie encontraría peligroso que actuase bajo los efectos del alcohol porque poco mal podía hacer desde su puesto de forense.

Los pasos que le habían llevado a ocultar el whisky se personificaron en pocos segundos en la figura de su ayudante, Miller, ante el que no merecía la pena mantener esa clase de disimulos porque soplaba tanto o más que él.

–Doctor, tenemos un cliente –dijo Miller asomando la cabeza por la puerta del despacho.

–Oh, muy bien –dijo Hastings incorporándose–. ¿Y de qué se trata hoy? ¿Qué tenemos, un ahogado, uno que se abrió las venas o quizá alguien que se tiró desde la torre del parlamento?

–Un asunto de tráfico. Lo ha matado un autobús.

–Un autobús, qué horror. Aunque siempre es preferible un autobús al metro. Los que se tiran al metro me llegan en rodajas. No me gustan nada esas autopsias.

–Éste está muy bien. No tiene muchos desperfectos. Ha sido un golpe limpio. Le ha roto todos los huesos y lo ha debido de reventar por dentro, pero sangre tiene poca. Lo de siempre, la cabeza y poco más.

–En qué estarán pensando cuando cruzan la calle... –murmuró Hastings mientras se ponía la bata.

El doctor extrajo del armario el instrumental y un par de guantes nuevos y salió con Miller hacia el depósito donde les aguardaba el cadáver de Adolfo Salmerón.

Los restos del agregado cultural descansaban en una camilla junto a la mesa de autopsias. Estaba cubierto con una sábana, bajo la cual asomaban los dos pies, uno de ellos descalzo.

–Es curioso, Miller, fíjese: todos los que mueren de forma violenta pierden un zapato –comentó el doctor.

–Es más fácil perder un zapato que los pantalones.

–Sin duda, Miller, sin duda. En fin, ¿qué sabemos de este hombre? –añadió el doctor retirando por completo la sábana que cubría el cadáver.

–Es español, trabajaba en la Embajada de su país y ha muerto allí mismo, a las puertas de su trabajo. La policía se ha hecho cargo de la documentación y los objetos personales que llevaba encima.

–Bien, procedamos.

–¿Quiere un poquito de anestesia antes de operar?

–preguntó Miller sacando su petaca de entre los pliegues de la bata.

–No es mala idea.

Ambos dieron un buen trago y luego comentaron muy elogiosamente la calidad del whisky mientras procedían a desnudar el cuerpo inerte de Salmerón. Los pantalones y el abrigo lucían grandes desgarros ocasionados por el atropello; la chaqueta, la camisa, la corbata, los calzoncillos y los calcetines no estaban tan dañados. Pero Miller no se anduvo con observaciones: todas las prendas, enteras o no, fueron a parar al mismo cesto.

–Otro traguito –invitó Miller.

–Por qué no –aceptó el doctor.

Se pasaron la petaca por encima del cuerpo de Salmerón, que yacía hecho un guiñapo sobre la mesa de disección. Al haberse fracturado veinte o treinta huesos, los brazos y las piernas se retorcían en quiebros imposibles.

–Parece una estrella de mar –dijo Hastings mientras se limpiaba los labios.

El doctor estiró y alineó las extremidades del cadáver para que quedase un poco más formal.

–Así está mejor. Bien, vamos a ver dónde le duele.

Hastings levantó los párpados del muerto y alumbró sus pupilas con una pequeña linterna, después le sujetó la nariz con dos dedos mientras con la otra mano tiraba de la barbilla para abrirle la boca y enfocar dentro. Era una observación sin ningún valor, pero a Hastings le gustaba empezar siempre así.

–Una dentadura perfecta, sin un diente fuera de sitio a pesar del trastazo –comentó–. Por lo demás, apunte: tiene el cuello roto, hundimiento del parietal izquierdo con más que probable astillamiento del hueso y las consiguientes esquirlas en la masa encefálica, fractura del maxilar inferior, fractura abierta del húmero del brazo izquierdo, fractura abierta del peroné de la pierna izquierda y otras fracturas por todo el cuerpo que aunque no son abiertas se aprecian a simple vista. No parece necesario abrir porque es evidente que este hombre no ha muerto envenenado. Así que ahorrémonos el examen de vísceras y concluyamos con que ha sufrido un fuerte golpe y en caso de haber sido un autobús interróguese al conductor. Dado el estado del cadáver, no se puede descartar que circulara con exceso de velocidad. Y ahora bebamos otro trago, Miller, que aquí no hay mucho más que examinar.

El ayudante le pasó la petaca y Hastings saboreó el licor mientras Miller volvía a tapar el cuerpo de Salmerón con la sábana.

–Entonces digo que lo guarden en la nevera hasta que vengan a por él.

–Correcto, Miller. Ya pueden pasar a limpiar esto. Y mientras llega otro le voy a invitar a un doce años que tengo en el despacho que es de lo mejorcito que ha salido de Escocia desde que se inventó este brebaje.

Hastings se desprendió de los guantes y los arrojó al cesto. Tomó del hombro a Miller y salieron juntos mientras le explicaba las virtudes del whisky como vasodilatador.

De camino hacia el despacho de Hastings, Miller dio aviso de que retiraran el cadáver y limpiasen la sala de autopsias. Lo primero se hizo rápidamente. Un operario de la *morgue* devolvió el cuerpo de Salmerón a la camilla y lo trasladó a una de las cámaras frigoríficas, donde quedó depositado con un código de identificación. La limpieza se demoró un poco más. La mujer encargada de ello andaba en ese momento por otras estancias. Cuando por fin llegó allí, se entretuvo lo menos posible: pasó el paño por la mesa para limpiar unas gotas de sangre, pegó cuatro escobazos y vació el cesto con la ropa de Salmerón y otras inmundicias en el carro con el que había estado recogiendo la basura de los despachos. Después llamó al conserje para que le ayudara a sacarlo. Y el conserje del anatómico forense, como hacía cada noche, arrojó todo lo que llevaba en los contenedores de la calle.

Faltaba un buen rato para que llegara el camión de la basura. La noche era fría. Por la calle circulaba poca gente a esas horas. Sólo algunos que acababan de cerrar el pub y volvían a casa con el estómago lleno y la cabeza vacía. Entonces dobló la esquina Doggy.

Empujaba un cochecito de niño en el que acumulaba su modesto ajuar y algunas sobras que acababan de regalarle en la cocina de un restaurante. Doggy, vagabundo desde que tenía memoria, había olvidado su edad y cualquier otro detalle de su vida. El pasado no le interesaba y sólo tenía una preocupación diaria: encontrar comida y un rincón no demasiado frío donde tumbarse a pasar la noche. Si además conseguía unas monedas para comprar sidra o cerveza, entonces era el tipo más feliz del mundo.

Doggy se paró ante los contenedores y los abrió para husmear como hacía con cualquier otro que se cruzara en su camino. Lo primero que encontró fue un zapato. Lo puso junto a uno de los suyos y vio que era de su talla. Entonces empezó a revolver para encontrar el compañero. Sacó fuera varias prendas que fue tirando al suelo mientras rebuscaba, pero el otro zapato no apareció. Enfadado, arrojó dentro del contenedor el único que había encontrado y se puso a mirar el resto de la ropa y todo lo que había esparcido por allí. Lo que más le gustó fue una corbata que echó inmediatamente a su carrito, aunque él jamás lucía esa prenda, pero intentaría venderla. El abrigo, sin embargo, no podía venderse ni le servía para usarlo porque estaba hecho jirones. Lo que también le gustó fue la americana. La alzó para verla mejor a la luz de las farolas y apenas tenía un desgarro en una de las mangas.

Las gotas de sangre que había en el cuello, secas y oscuras, le pasaron completamente desapercibidas. Se la probó encima de su jersey raído. Era perfecta, como si la hubiesen hecho para él. Doggy la adoptó inmediatamente. Ya no se la quitó. Se sintió más calentito. Después se marchó contento con su nueva adquisición, empujando su carrito en busca de más regalos por los contenedores, sin imaginar que acababa de cargar en su espalda un *goya* de seis millones de libras. Algo que tampoco podía impresionarle, porque Doggy no sabía quién era Goya ni era capaz de suponer que hubiera fortunas superiores a un billete de diez pavos.

X

Cuando Rodrigo Sáenz de Almenara regresó del depósito de cadáveres, el ambiente en la Embajada todavía era de conmoción. Acostumbrados a la rutina burocrática, los funcionarios no estaban preparados para asimilar dos sucesos del calibre de un robo y una muerte en una misma semana. Con el cuadro había habido sorpresa y comentarios, pero con el fallecimiento de Salmerón se pasó al estupor y el sobrecogimiento. Lágrimas no había. El agregado cultural no era de los que despertaban cariño ni tenía con sus compañeros más relación que la estrictamente laboral. Pero su escasa popularidad no estaba reñida con la compasión y a todos les había conmovido su muerte y las circunstancias que la habían rodeado. Y no sólo por el autobús, que ya era un argumento de mucho tonelaje para sentirse impresionados, además estaban las informaciones que publicaban algunos periódicos poniendo en duda que hubiera sido un accidente. El *Daily Mirror*, por ejemplo, hablaba de un intento de atraco del que Salmerón habría querido zafarse con un trágico resultado, pero *The Sun* iba un paso más lejos y aseguraba que tres jóvenes habían discutido con él y después lo habían empujado al paso del autobús. Otros periódicos, más moderados, se limitaban a comentar las declaraciones de algunos testigos que coincidían en que, inmediatamente antes de morir atropellado, se había visto hablar a Salmerón en la acera con tres jóvenes, dos chicas y un chico, que habían desaparecido en el tumulto que se originó tras el accidente, sin que nadie pudiera precisar hacia dónde se habían dirigido.

Al embajador, la policía le había informado escuetamente de eso, de la presencia de tres jóvenes, confirmada por algunos testigos del accidente. No le habían contado más. El resto habían sido preguntas. De todo tipo. Desde las funciones que ocupaba Salmerón en la Embajada a cuestiones sobre su familia, sus amistades y sus tendencias sexuales. Asuntos todos ellos, salvo los laborales y algunos detalles como que vivía solo, que el embajador desconocía por completo. Ni siquiera recordaba el tiempo que llevaba Salmerón en Londres, si había llegado antes o después que él, ni cuál había sido su destino antes de recalar en Gran Bretaña. Aparte de su vinculación con una docena de aburridos actos culturales a los que le obligaba a asistir cada año, desconocía en qué ocupaba el resto del tiempo su agregado cultural. Y, por supuesto, lo desconocía todo sobre su vida privada. Por eso tuvo que encargar al personal de la Embajada que averiguaran algo sobre él y contactaran rápidamente con su familia en España. Le pidió a Trini que hiciera las gestiones directamente con el Ministerio para agilizar cuanto antes la repatriación del cadáver.

En Madrid se dieron prisa. Tiraron de archivo y en pocas horas localizaron al único familiar de Salmerón que les constaba: una hermana que residía en Toledo y que pasaba mucho del finado. Así se lo contó Trini al embajador cuando concluyó sus gestiones.

–La hermana ha dicho que le mandemos sus cosas y que lo enterremos aquí.

–¿No se hace cargo del cadáver? –preguntó, extrañado, el embajador.

–Sólo de la herencia, si ha dejado algo.

–¿No tiene más familia?

–Sólo la hermana, y según parece no tenían mucha relación.

–Este Salmerón siempre me llevaba a las cosas más tristes y más tediosas, y lo último va a ser su entierro –refunfuñó el embajador–. Algunos llevan la vocación hasta la tumba.

–Pobre hombre –murmuró Trini.

–Pobres de nosotros, Trini –dijo el embajador incorporándose y yendo a estrechar las manos de su amante funcionaria–, pobres de nosotros que no van a dejarnos en paz. ¿Cuándo nos vemos, dime? ¿Esta tarde? ¿Mañana? Me muero de ganas de estar contigo.

Trini se zafó de sus abrazos, se puso en pie y le regañó con un gesto que no era de enfado, sino de picardía.

–Contrólate, Rodrigo, que éste no es lugar y además estamos de luto.

Al embajador se le disparaba el cuentarrevoluciones cuando Trini le hablaba así. Sentía por dentro un volcán que costaba contener para que no entrase en erupción. Tuvo que controlarse mucho para no aullar allí mismo y sólo se apaciguó con la promesa de su amante de que estarían juntos en cuanto pasase todo.

–Entonces acabo con esto en seguida –dijo el embajador–. Aunque tenga que coger pico y pala y enterrar a Salmerón en el jardín de la Embajada.

Trini recompensó su pasión con un casto beso en la

mejilla y salió sonriente del despacho mientras Rodrigo Sáenz de Almenara parecía a punto de tener que ser rociado de arriba abajo con el extintor.

■

El inspector Cullimore observó detenidamente la ficha que le había tendido uno de sus ayudantes. En la foto había un individuo moreno con un bigote parecido a las patas de una tarántula y una mirada acuosa que no presagiaba nada bueno.

–Walter Miranda –leyó el inspector–, relacionado con el cártel de Medellín. Especialista en blanqueo de dinero mediante la compraventa de obras de arte. Pasa gran parte del año en Europa. Cliente habitual en las subastas londinenses. Etcétera, etcétera, etcétera... bueno, tampoco es gran cosa. ¿Éste es nuestro principal sospechoso?

–Lo estamos vigilando. Lleva un par de meses en Londres y sospechamos que se ocupa de algún negocio sucio. Y concuerda con la pista caribeña.

–Sí, claro. También el huracán Fifí concuerda con la pista caribeña, pero eso no basta. Yo quiero saber qué interés puede tener este Miranda en robar un *goya*.

–Comercia con arte. Ahí lo pone.

–Compra arte, no dice que lo robe. Para blanquear dinero del narcotráfico no hace falta robar. Más bien todo lo contrario. Seguidle la pista, pero sin descuidar otros flancos. ¿Qué sabemos del banco?

–Nada nuevo. Donde hay noticias es en la Embajada española. Ayer murió el agregado cultural. Precisamente era el enlace entre el banco y la Embajada mientras se preparaba la exposición.

–¿Hay algo sospechoso en su muerte?

–Tal vez sí. Murió atropellado por un autobús, pero según algunos testigos pudo haber sido empujado por un grupo de jóvenes.

–¿Y quién querría matar a un agregado cultural?

–Quizá era un espía. Las embajadas están llenas de espías.

–¡¿Espías españoles?! ¿Qué iban a querer de aquí, la receta del *roastbeef*? No creo que vengan a espiarnos. Sólo les interesamos para llenar Benidorm. ¿Ha estado usted en Benidorm?

–Yo veraneo en Blackpool.

–Hace bien. En Benidorm hay más ingleses que en Blackpool. La playa de Benidorm es como Oxford Street a las siete de la tarde. Tienen que poner semáforos para entrar al agua. Pero dejemos Benidorm y volvamos a lo nuestro. No creo que haya espías en la Embajada española, pero vamos a investigar qué ha pasado con esa muerte. Y también le seguiremos los pasos a este tipo, Walter Miranda. Pero necesitamos algo más. Hasta ahora sólo tenemos cuatro tablas sin huellas y un plátano para sospechar. Es muy poco. Busquen debajo de las piedras. Nos jugamos nuestro prestigio internacional.

Cullimore pronunció con solemnidad la última frase. Notaba cierta relajación en sus subordinados. Como si el robo les preocupase poco por tratarse de una obra de arte que pertenecía a otro país. «En el fondo los comprendo –pensó mientras veía salir a su ayudante–; después de todo sólo es un cuadrito no más grande que los que pinta mi hija, ni tampoco mucho mejor. Casi queda más bonito con el plátano.»

■

Habían pasado varios días desde la inauguración donde estuvo sirviendo copas, y desde entonces Jimmy Olson no había ejercido otra actividad que una agotadora sesión continua de televisión. Tenía el dedo índice pulido de tanto apretar el mando a distancia y los ojos convertidos en un puré de seiscientas veinticinco líneas donde flotaban como aderezo balones de rugby, pelotas de tenis y bolas de billar: Jimmy saltaba de canal en canal buscando los deportes y sólo ocasionalmente, si veía alguna jovencita ligera de ropa, se detenía un instante en un programa de variedades.

De vez en cuando se levantaba camino de la cocina para prepararse un té y una rebanada de pan con margarina. No era su plato favorito, pero por lo general en la nevera no había otra cosa para comer. El tarro de margarina y unas cuantas latas de cerveza. Si por casualidad había algo más, mejor no mirarlo porque seguro que tenía gusanos o una capa de moho de un centímetro de espesor. Hasta que no volvía su chica del trabajo con algún rollito de primavera, unos muslos del Kentucky Fried Chicken o algún plato precocinado, Jimmy se mantenía a base de cerveza, pan de molde y aquella margarina amarillenta que extendía con el último cubierto que le quedara limpio, mientras el fregadero se llenaba de cuchillos y cucharas que Jimmy arrojaba dentro una vez usados para untar la rebanada. A veces tenía que recurrir a los tenedores y sólo cuando ya no tenía otra alternativa que usar directamente la mano o la lengua, entonces se armaba de valor y fregaba dos o tres cacharros. Los justos para sobrevivir unas horas más.

Jimmy soportaba una mala racha de trabajo. Llevaba más de un año apuntado en una agencia de trabajo temporal, pero rara vez le habían conseguido algo que durase más de quince días. Lo normal eran las ocupaciones de fin de semana. A veces sólo para una tarde, como el día de la exposición. Podía hacer de camarero o de chófer, limpiar jardines, cargar camiones y veinte cosas más, pero lo más habitual era que lo llamasen para algo relacionado con la hostelería. Su chica tenía más suerte últimamente. Hacía varios meses que trabajaba en una tintorería. Llegaba a casa lo bastante cansada como para no ponerse a limpiar todo lo que Jimmy desordenaba, pero también sin fuerzas para discutir. Así que ambos aceptaban el caos de su hogar con absoluta naturalidad, como si supieran que tendrían que volver a nacer para convertirse en seres limpios y ordenados.

Las sesiones de Jimmy ante el televisor eran agotadoras. Acababa más rendido que después de una noche descargando camiones de pescado. Por eso hacía algunas pausas en su incansable zapeo y, aun dejando de fondo el sonido de la tele, sin el que no sabía estar en casa, apartaba la mirada de la pantalla y hojeaba el periódico o alguna de las revistas deportivas que solía comprar. Así fue como esa tarde, al pasar las hojas de *The Sun*, descubrió en las páginas de sucesos –sus favoritas después de los deportes– la información que el periódico titulaba «El crimen del bus». Y lo que leyó allí –el empujón de unos jóvenes que lanzaron a un ciudadano bajo las ruedas de un autobús, aderezado con declaraciones de testigos y sospechas sobre la existencia en Londres de mafias hispanas– le conmovió menos que la foto de la víctima.

No era una foto del cadáver, sino el rostro del finado extraído de algún documento. En aquella cara vio Jimmy algo familiar. Hizo memoria pensando dónde podía haberlo visto antes. Releyó varias veces el texto para buscar alguna referencia que le fuera familiar. Decía que el muerto era español, que trabajaba en la Embajada de su país. Y entonces recordó que la inauguración donde había estado de camarero era de un pintor español y que había muchas personas de esa nacionalidad entre los asistentes.

Aunque en realidad había gente de todo el mundo, porque allí estaba medio cuerpo diplomático. Era razonable que hubiese visto esa cara allí, pero también era difícil, pensaba Jimmy, que recordase precisamente ese rostro entre los muchos extranjeros a quienes sirvió una copa. Pero, pensando, pensando, tuvo un resto de lucidez y de repente recordó por qué aquella cara le era más familiar que la de otros doscientos invitados.

–¡Ya lo tengo! –exclamó, y siguió hablando solo–. Que me parta un rayo si no es el tipo que me dijo dónde estaba el baño.

Al conseguir aislar aquel rostro de los que había visto en la última semana, Jimmy lo vio sujetando un cuadro frente a él, un rato antes de que comenzase la inauguración, y señalándole el camino del cuarto de baño. Era el único invitado con el que había cruzado una palabra esa tarde. Al resto se había limitado a servirles copas y canapés. Entonces recordó otra cosa: recordó la noticia del robo y tuvo un presentimiento. Tiró el periódico que tenía en la mano, se incorporó y buscó los otros diarios de la semana. Después de revisar varios que encontró debajo del televisor y en la cocina, por fin dio con el que quería: estaba en el dormitorio, debajo de la cama. Seguramente lo había tirado allí antes de quedarse dormido. Era el ejemplar donde se hablaba del robo. Jimmy miró atentamente la foto del cuadro que había desaparecido. No le decía nada. En realidad, no se había fijado en ninguna obra de la exposición. Y mucho menos en la que tenía en las manos el hombre al que preguntó. Para saber si existía alguna relación, aunque fuese remota, entre el hombre atropellado y el cuadro que buscaba la policía, tenía que volver al sitio donde lo vio y comprobar si ésa era la zona donde estaba expuesta la obra desaparecida. Y Jimmy Olson, con un entusiasmo insólito para un hombre que media hora antes permanecía abotargado delante del televisor, decidió en ese momento vestirse y salir disparado camino de la exposición para despejar sus dudas. Le empujaba una corazonada, pero aún pesaba más el rumor extendido por los medios de comunicación de que el Westland Bank pagaba a precio de oro cualquier información que le permitiera recuperar el cuadro.

■

Cuando Stan Heaton leyó en la prensa el suceso donde había fallecido un funcionario de la Embajada española, dio un respingo al llegar al párrafo en el que los testigos hablaban de tres jóvenes, dos chicas y un chico, que se hallaban con el agregado cultural inmediatamente antes de su muerte. Era demasiada coincidencia: dos chicas y un chico más un funcionario español, curiosamente la misma suma que salía de la única pesquisa que habían hecho en la exposición.

Recordó a la chica que enseñaba una foto y también que un hombre de la sala de exposiciones le dijo que la persona que buscaba era alguien de la Embajada española. Y recordó que después Whitaker se pegó a ella, cuando se juntó con otra chica y un chico, y les oyó hablar en español, sin entender otra cosa que la referencia a un hotel. Eso había sido dos días antes, es decir, el día anterior a la muerte del funcionario que comentaba el periódico. Demasiada coincidencia.

Heaton cogió su gabardina y salió disparado hacia la exposición, sin entretenerse en dejar aviso a Whitaker, con la única obsesión de confirmar cuanto antes si todo aquello podía estar relacionado.

Al llegar repitió los pasos que había visto dar a la chica: preguntó en la consigna. Tuvo suerte, la persona que estaba era la misma que había atendido a Nuria y en seguida recordó a la joven que había estado dos días antes preguntando por alguien que aparecía en un recorte de periódico. Eso bastó para poner a Heaton en contacto con el mismo técnico que había atendido a Nuria, y cuando Heaton habló con él y le preguntó si se acordaba del hombre que buscaba aquella chica dos días antes, y si ese hombre podía ser el agregado cultural de la Embajada de España, el técnico dijo que sí, que muy probablemente sería el agregado cultural, que con seguridad era de la Embajada, pero que no podía asegurar cuál era su cargo, y que a qué venía tanto interés por ese personaje. Heaton no dio explicaciones. Se limitó a darle las gracias con evasivas y se largó a buscar a Whitaker, mientras trataba de imaginar qué conexión podía tener ese suceso con el robo.

No era mucho, pero tampoco tenía otra cosa a la que agarrarse. En los tres días que llevaban investigando el robo no habían encontrado ni una sola pista. Nadie fiable se había puesto en contacto con el banco para pedir algo por el cuadro y aunque la curiosidad de unos jóvenes y el atropello de un funcionario no fuesen gran cosa, era lo único anormal relacionado con la exposición que habían conocido hasta ese momento. Cómo relacionar eso con la desaparición de una obra de arte era un poco más complicado. Tan complicado que a Heaton no se le ocurría ni una sola conjetura, pues sólo tenía claro que los ladrones no se habrían presentado al día siguiente en el lugar del delito preguntando por alguien. Tenía que ser otro tipo de relación, otro interés tal vez particular. Quizá sabían algo que a él le vendría bien conocer.

Heaton seguía dándole vueltas a lo mismo cuando llegó a su oficina y encontró una nota de Whitaker pidiéndole que pasara inmediatamente por las oficinas del Westland Bank porque les habían citado allí. «Qué querrán éstos ahora», pensó Heaton mientras volvía a salir. Acostumbrado a trabajar a su ritmo, sin agobios, en los casos de seguros, el nerviosismo de los directivos del banco y su ansiedad por encontrar el cuadro le causaban un profundo malestar. Tener que hablar con uno de esos ejecutivos bancarios le ponía enfermo. «Estos bastardos no han pisado la calle desde que entraron en la universidad –pensaba cada vez que los tenía que aguantar–, siempre de alfombra en alfombra, y luego del BMW al caballo y del caballo al golf, que no deben de saber ni cómo son las aceras, que se creen que todo es mármol, césped y parqué, y aún se pensarán que saben mucho.»

Con ese ánimo, tan predispuesto al diálogo y la confraternización, Heaton llegó a la sede del Westland Bank, se identificó y le acompañaron a un despacho donde le esperaba Whitaker, solo.

–¿Qué pasa? –preguntó al compañero nada más verle.

–Creo que tienen una pista –respondió Whitaker.

–Entonces es que lo ha robado uno de ellos. No me creo que estos tipos hayan podido encontrar nada fuera de aquí.

–Han podido recibir alguna información de la policía.

–Antes les informarían de quién va a ganar las carreras de Devonshire o de quién es el verdadero padre de alguno de éstos, porque del cuadro saben tanto como nosotros. Eso te lo aseguro yo. La poli está tiesa.

–Ahora lo sabremos.

Antes de que les atendiera nadie, Heaton tuvo tiempo de comentar a su compañero el suceso que había leído en el periódico y las pesquisas que había realizado después. Whitaker estuvo de acuerdo en que había una sospechosa coincidencia entre lo que vieron y lo que contaba la prensa sobre el español muerto.

Hablaban de eso cuando se abrió la puerta y entró un

directivo del banco acompañado de un joven fornido que no tenía aspecto de ser un botones ni mucho menos un ejecutivo.

–Buenas tardes, señores –saludó el banquero–. Les he hecho venir para presentarles a este joven. Se ha puesto en contacto con nosotros para contarnos algo que ustedes deben conocer. Míster Olson, haga usted el favor de contar a los señores Heaton y Whitaker lo que nos ha dicho a nosotros.

Jimmy Olson, que llevaba un buen rato en el banco y ya había contado su historia en media docena de despachos, cada vez de mayor rango, por los que le habían paseado desde que llegó, se preguntó cuántas veces más tendría que contarlo antes de ganar una maldita libra por su información. Resignado a pasarse la tarde contando la misma cantinela, tomó aire y se dispuso a soltar nuevamente el rollo.

–Bueno, pues yo trabajé de camarero el día que se inauguró la exposición donde robaron el cuadro ese. Cuando llegué allí, un rato antes de que la abriesen, el jefe me dijo que fuera a cambiarme a un servicio, para ponerme el uniforme, ya saben. Así que me fui para dentro a buscar un servicio por donde me habían dicho y entonces vi a un hombre que estaba colgando un cuadro y le pregunté que dónde estaba el baño y me dijo que allí al lado, y yo entré y me cambié, y ya no volví a verlo.

Jimmy hizo una pausa para tomar aire antes de continuar. Heaton y Whitaker le miraban pensando adónde quería conducirles.

–Así que, como digo, no volví a verlo hasta que hoy estaba leyendo el periódico y vi una foto suya y entonces me acordé de él –Jimmy abrió el periódico que llevaba en la mano y lo tendió a Heaton y Whitaker, enseñándoles la foto de Salmerón–. Es éste, uno que atropellaron ayer.

Heaton y Whitaker observaron la foto del agregado cultural y luego se miraron entre sí, tan sorprendidos como satisfechos.

–Lo conocemos –exclamó Heaton.

–Siga –ordenó el banquero.

–Bueno, pues al verlo me acordé de él y me acordé del robo y tuve una corazonada y me fui a la exposición y pregunté dónde estaba el cuadro que robaron. ¿Y saben lo que vi? Pues que el cuadro que tenía en las manos el tío este era el mismo que desapareció. Ése era.

–¿Está seguro? –preguntó Whitaker.

–Tan seguro como que me llamo James.

–¿No había más gente por allí cuando usted lo vio?

–Sí, claro. Había gente limpiando y más camareros que llegaban y gente poniendo y quitando cosas. Pero bueno, ya saben, los que trabajan van con ropa de faena y luego me acordé que éste iba muy elegante para estar colgando cuadros. Entonces no lo pensé, pero nadie trabaja con el abrigo puesto.

Heaton y Whitaker seguían sentados con sus gabardinas, pero no se dieron por aludidos.

–¿Qué les parece? –intervino el ejecutivo–. ¿Creen que es interesante?

–Puede serlo –dijo Heaton–. Ese hombre también figuraba entre nuestros sospechosos. De hecho, cuando han llegado comentábamos el accidente y era algo que pensábamos investigar.

–Entonces, ¿me van a pagar? –inquirió Jimmy, pensando que ya había hablado mucho gratis.

–Le firmaremos un pagaré ejecutable sólo si la pista ha sido buena –dijo el banquero–. Tendrá que esperar a que se resuelva el caso para cobrar.

Jimmy no dijo lo que pensaba porque aquel ambiente era demasiado fino para según qué lenguajes y porque si quería aspirar a ganar unas libras tenía forzosamente que morderse la lengua. Estaba deseando volver a casa para conjugar sus verbos habituales. Ya empezaba a cansarse de medir tanto las palabras para causar buena impresión.

–Bien, señores –prosiguió el ejecutivo–. Yo voy a acompañar al señor Olson a la salida. Supongo que ustedes ya habrán tomado buena nota de lo que deben hacer con esta información. Les deseo suerte. Por el bien de todos.

Cuando el financiero se retiró, con Jimmy a cuestas, Heaton, muy excitado, interrogó a su compañero.

–¿Qué piensas?

–Es interesante. Muy interesante.

–¡¿Interesante?! Es más, amigo, mucho más. Une lo que sabemos a lo que nos ha contado ese imbécil y verás que hay muchos motivos para sospechar que el muerto tiene que ver con el robo. Quizá por eso está muerto. ¿Cómo se llamaba el hotel del que hablaron las chicas españolas?

–Lancashire, Hotel Lancashire.

–Pues hay que echar un vistazo en ese hotel, y en la Embajada española, y en algún sitio más. ¡Esto se mueve, amigo!

Heaton desbordaba un entusiasmo que aún no había contagiado a Whitaker, siempre más escéptico.

–Para un sospechoso que tenemos, está muerto –comentó Whitaker cuando salían–. Ya me dirás a quién vamos a interrogar.

Heaton no le contestó, aunque por dentro pensaba que sería capaz de sacarle información a la mismísima calavera del difunto con tal de aproximarse al maldito cuadro.

XI

Con una sola mano, mientras con la otra sujetaba el cigarrillo, Doris cascó un huevo en el borde de la cocina y lo dejó caer sobre el aceite humeante.

–A vosotras os pasa algo –dijo la cocinera mientras agitaba la espumadera y mordía nuevamente el cigarrillo.

Nuria y Elena, sentadas detrás de ella, sorbían en silencio una taza de té.

–Estamos bien, Doris –dijo Elena–. Es el trabajo.

–Sí, claro, hacer camas es agotador. A vosotras os gustaría deshacerlas, pero por eso no pagan. A no ser que cambiéis de trabajo. Y ya sabéis a lo que me refiero.

Doris rió estruendosamente. La ceniza del cigarrillo cayó sobre la sartén. Nuria y Elena siguieron con el té, como si no hubieran escuchado nada.

–A Doris no la engañáis –prosiguió la cocinera–. Sé que lleváis dos noches sin salir y hay que estar muy enfermo para quedarse aquí dentro. ¿Qué pasa? ¿No tenéis dinero? ¿Algún problema en el pub? ¿Estáis enfermas?

–Un poco de todo –dijo Nuria con desgana.

–Necesitábamos un descanso –añadió Elena.

Ninguna de las dos dijo que estaban todavía bajo el susto de la muerte de Salmerón y que aún les había impresionado más leer la prensa y verse convertidas en sospechosas de homicidio, asesinato o inducción al suicidio por atropellamiento, según lo exaltada que fuera la fuente informativa. Nuria había considerado la opción de contactar con los diarios para contarlo todo y sacarles del error, pero Elena la había convencido de que lo mejor para evitar complicaciones era dejar pasar unos días hasta que se olvidase el asunto y quedase simplemente como lo que había sido, un accidente de circulación. Kostas, por su parte, se limitaba a aceptar el breve alejamiento que habían acordado entre todos. Tres o cuatro días sin juntarse, una pequeña medida de precaución que ninguno de los tres sabía bien a cuál de los otros se le había ocurrido ni para qué servía.

Esa reclusión voluntaria, viniendo de personas que aprovechaban el mínimo resquicio para fugarse del hotel, era lo que intrigaba a Doris. Y las explicaciones que estaba obteniendo no la convencían nada.

–El único cansancio que podría retenerme aquí dentro sería morirme –dijo la cocinera–. Y muerta y todo creo que me levantaría para escaparme de este burdel.

Doris cascó otro huevo con la energía de quien se cree capaz de resucitar. Nuria y Elena, sin embargo, inapetentes y mustias como pocos días, dijeron que ya tenían bastante y cortaron la conversación para largarse y empezar a trabajar.

■

La iglesia de San Matthew, en el barrio residencial de Tolworth, varios kilómetros al sur de Londres, estaba ocupada aquella tarde por un grupo de visitantes que nada tenían que ver con los feligreses habituales.

Un pequeño grupo de españoles, encabezado por el embajador, ocupaba los primeros bancos del templo, junto al féretro donde reposaba el cadáver de Adolfo Salmerón. Después había un espacio vacío y luego, al fondo, dos policías de paisano en un lateral y en el otro lado Stan Heaton y Norman Whitaker. Los cuatro del fondo se miraban entre sí, oliéndose la profesión, y a su vez eran observados de vez en cuando por alguno de los españoles que asistía al funeral y volvía la cabeza preguntándose quiénes serían ésos del final, cuyas caras nadie recordaba en relación con la Embajada y que por tanto debían de ser amistades del finado Salmerón.

El muerto iba a ser enterrado allí porque el párroco, amigo personal del primer secretario de la Embajada, había accedido a hacerle un hueco en su pequeño cementerio cuando el día anterior le llamaron explicándole el triste caso de Salmerón, fallecido súbitamente y sin un familiar ni un amigo que quisiera repatriarlo a España.

La ceremonia fue breve. Dado que el sacerdote no conocía las virtudes del desaparecido, fue parco en alabanzas y sólo se entretuvo hablando un poco de la vida eterna. Después hizo la señal para que los acompañantes cargaran con el ataúd y se puso al frente de la comitiva para salir por una de las puertas laterales al jardín que hacía de camposanto y donde, al pie de un castaño, esa misma mañana habían cavado la fosa para alojar a Salmerón.

El oficiante se detuvo junto al agujero y, mientras el personal de la Embajada se esforzaba por colocar cuidadosamente la austera caja donde reposaba el cadáver, repartió unas cuantas bendiciones y rezó un responso antes de invitar a los compañeros del muerto a echar sobre sus restos algunos puñados de tierra. El primero que lo hizo fue el embajador. Como llevaba todo el día lloviznando, el puñado que cogió le dejó las manos manchadas de barro y Rodrigo Sáenz de Almenara se quedó después con la mano abierta, incómodo, sin saber dónde limpiarse, mientras el resto del personal consular repetía la misma operación y se quedaba igualmente con la mano embarrada, colgando, sin saber dónde meterla. Cuando el cura dio por finalizado el acto, algunos se limpiaron en la misma mano del sacerdote, al despedirse de él, otros la frotaron por el césped o en la corteza de los árboles, y al embajador le tendió un pañuelo Trini, en un gesto que pasó inadvertido para casi todos.

Heaton y Whitaker, más los dos policías, observaban todo discretamente, unos metros por detrás. Los vieron despedirse a todos y marcharse caminando entre las decenas de lápidas que se esparcían por allí sin ningún orden. Sólo se quedó el sacristán, que, con una pala, acabó de cubrir la tumba. Una tumba sin lápida, por lo precipitado del entierro, aunque el embajador había prometido que estaría en los próximos días, para que la última morada de Salmerón estuviese identificada por algo más que un castaño.

Los policías se retiraron con los últimos participantes, con la sensación de haber perdido el tiempo allí. Heaton y Whitaker se marcharon inmediatamente después, con un sentimiento parecido, sin haber observado nada de particular que les permitiera sospechar de algún participante en aquel funeral. Salvo un detalle: no había habido ni una lágrima ni un lamento. Los asistentes parecían tan fríos como las paredes del templo.

–Estaban tan emocionados como si estuviesen enterrando una lechuga –comentó Heaton cuando se iban.

Whitaker pensaba exactamente lo mismo.

■

El comedor benéfico de Camden estaba a tope cuando Doggy entró, cogió su bandeja y se puso a la cola. El sitio olía a verduras hervidas.

–¿Otra vez brócoli? –preguntó Doggy al que tenía delante.

–Eso es amigo, brócoli con patatas y guisantes. Tres veces en una semana. Aquí cada vez se cena peor.

Doggy pensó que ya era tarde para trasladarse a Hoxton o a otro comedor de caridad donde sirviesen algo más sabroso. Al menos veía que con el vegetal también caían en los platos algunos pedazos de carne y eso hacía más tolerable lo repetitivo del menú. Pero cuando llegó su turno, la mujer que manejaba el cazo no atrapó ni un pedazo de magro al servirle a él. Le inundó el plato de patatas y poco más.

Doggy se quedó quieto con el plato en alto. La mujer le miró enfadada porque hacía tapón con los que venían detrás.

–Vamos, muévase –dijo, agitando el cazo.

–Quiero carne –contestó Doggy.

–Sí, claro, y de postre trufas con champán. Vamos, coma y calle.

–Sólo me ha puesto patatas –insistió Doggy.

La caritativa mujer sufrió un ataque de ira ante la insistencia de aquel indigente en comer más de lo debido. Le arrancó el plato de la mano y vertió nuevamente en la perola todo lo que le acababa de servir.

–Si no le gustan las patatas, fuera patatas, y mañana a cenar al Ritz.

El resto de los que hacían cola enmudecieron. Todos habrían mostrado su solidaridad con Doggy, pero ninguno se arriesgaba a quedarse sin cena.

–Me gustan las patatas con carne –insistió Doggy suavemente.

La mujer enrojeció. Por dentro ardía entre los deseos de mandar a la calle a aquel idiota y su obligación de compadecerle como empleada de una institución de beneficencia. Al final pudo la profesionalidad y, sin disimular su ira, removió con el cazo en el puchero, lo sacó a rebosar y lo vació, furiosa, sobre el plato de Doggy, salpicándole de caldo mientras exclamaba:

–Que sea la última vez que viene con exigencias.

Doggy observó que esta vez sí habían caído algunos pedazos de carne y perdonó los modales y las salpicaduras.

–Gracias, señorita, es usted muy amable –dijo, inclinándose cortésmente.

Después avanzó con su bandeja, recogió el pan y la manzana que tenían como postre y fue a sentarse en una larga mesa donde había otros diez más cenando. El insípido olor de la comida se mezclaba con otros aromas más recios provenientes de los pies y otros rincones anatómicos de los comensales.

Los que tenían algo que masticar comían silenciosamente, muy concentrados en lo que hacían. Los que ya habían apurado todo lo sólido del plato, sorbían ruidosamente el caldo sin desperdiciar una gota.

–Esa vieja bruja quería dejarte sin cena, amigo –comentó el hombre al lado del cual se sentó Doggy–. Ten cuidado, a lo mejor te ha puesto matarratas.

–Lo ponen en todos los platos –intervino otro de los compañeros de mesa–. Un poco cada día para matarnos lentamente y ahorrarse cenas y cartillas del paro.

–Yo sólo quería un poco de carne –contestó tímidamente Doggy.

–Ahí está el veneno, amigo. En la carne.

–Eso es, dánosla a nosotros que ya estamos envenenados.

–Dejadle en paz. Primero tiene que aguantar a esa zorra y ahora a vosotros –exclamó otro espontáneo.

Doggy, pasando mucho de los comentarios, se arremangó para comer más cómodamente. Su chaqueta nueva, incluso con el desgarrón de la manga y las manchas de sangre, contrastaba con el resto de su vestuario. En la solapa brillaba la insignia que Salmerón había convertido en su amuleto goyesco de la buena suerte y que tan bien había funcionado hasta que se cruzó en su camino un autobús de dos pisos.

–Qué chaqueta más guapa, hermano –dijo el de su lado, que no sabía callar–. ¿No la habrás robado?

Doggy no dejó de masticar. Ni siquiera alzó la vista para responderle.

–La encontré en el depósito de cadáveres –farfulló entre dientes.

El curioso hizo un gesto de desagrado.

–No me extraña que no quisieran dejarte entrar –dijo con desprecio–. No se puede ir por ahí cargado con un muerto. Como vuelvas a aparecer por aquí con ella, le pegaremos fuego.

El tipo, supersticioso hasta la médula, dio por finalizada su cena y se levantó para devolver la bandeja mientras Doggy masticaba un pedazo de brócoli y pensaba lo bien que le tenía que sentar esa chaqueta para provocar tanta envidia.

XII

Sobre la mesa del inspector Cullimore había tantos libros que apenas quedaba un hueco para posar otros papeles. Entre las obras que se amontonaban sin ningún orden había varias biografías de Goya y gruesos tomos dedicados a su obra por especialistas de todo el mundo. En número muy inferior, Cullimore también tenía algunas monografías sobre plátanos y bananas –conseguidas en la sección gastronómica de la biblioteca del British Museum–, un libro de memorias de Erik el Belga, uno de los más famosos ladrones de arte del siglo, y una biografía del pintor Elmir d'Hory, el más grande falsificador en la historia de la pintura, que inundó los museos de medio mundo con obras suyas que hacía pasar por otras de grandes maestros.

Cullimore no había tenido tiempo todavía de leer ninguno de los libros que había recopilado, pero la sola visión de todos aquellos mamotretos era algo que ya impresionaba a sus subordinados, menos dados a la documentación y más a patearse la calle, los mismos que la tarde anterior habían asistido al entierro de Salmerón y ahora rendían cuentas ante su jefe.

–Entonces no tenéis duda de que eran los detectives de la compañía de seguros –dijo Cullimore.

Al inspector, atrincherado tras los tochos que inundaban su mesa, no le veían mover los labios. Sólo era visible de la nariz para arriba.

–Ninguna duda. Eran Heaton y Whitaker. Hace años que trabajan para TNA, la compañía del Westland Bank.

–Bien, que estuvieran allí no quiere decir que sepan más que nosotros. Sabrán lo mismo.

–Salvo que el banco nos oculte algún dato y a ellos no.

Cullimore estiró el cuello para asomar algo más que los ojos por encima de los libros.

–¿Pero vosotros observasteis algo extraño que justificara la presencia de esos detectives en el entierro?

–Nada raro.

–Probablemente saben tanto como nosotros, pero por si acaso nos ocultan algo vais a seguirlos. Dos o tres días. No me extrañaría que el banco negociase un rescate a nuestras espaldas.

Cullimore instruyó a sus hombres sobre la cautela que debían mantener con los banqueros, comentaron algunas cosas más en torno a lo poco que avanzaban sus investigaciones y luego los despidió. Tenía por delante varias horas para ilustrarse y buscar inspiración en los libros acumulados sobre su mesa.

■

Norman Whitaker tuvo que dar varias vueltas a la manzana antes de que quedase libre un buen espacio para aparcar su furgoneta frente al Hotel Lancashire. La espera valió la pena porque el hueco era magnífico: justo enfrente de la puerta del hotel, el emplazamiento ideal para observar a cuantos entraran o saliesen.

Cuando estuvo bien aparcado, abandonó el asiento del conductor y se trasladó a la parte trasera, donde tenía montado el observatorio: un trípode con una cámara fotográfica que enfocaba desde detrás de un cristal tintado, invisible desde el exterior. Whitaker ajustó la cámara con la luz y la distancia correctas y se dispuso a inmortalizar a todos los que pasasen por delante de su punto de mira. No disponía de micrófonos, de momento, pero si la observación desde el exterior proporcionaba algún indicio sospechoso, Heaton o él se alojarían en el hotel para instalar los que fuesen necesarios.

Al principio de su observación, Whitaker fotografió a todas las personas que entraban o salían del hotel. Aunque eran pocas, al cabo de un rato decidió que no merecía la pena fotografiar a los que entraban porque a ésos los sacaba de espaldas e iba a ser muy difícil establecer sospechosos sólo por la apariencia de su cogote. Como tarde o temprano tendrían que salir, era mejor retratar sólo a los que viera de cara, en el momento de pisar la calle, con rasgos y actitudes perfectamente identificables.

La tarea, por lo estática y carente de emoción, era de las que requerían voluntad y paciencia. Whitaker sólo temía quedarse dormido, hipnotizado con la vista fija en aquella puerta de donde no podía apartar la mirada. «Como no salga nada bueno de aquí, habrá que empezar a preocuparse», pensaba Whitaker. Y en ese preciso momento salía el cartero y lo fotografió disciplinadamente, por si el cuerpo de Correos tenía algo que ver con la desaparición del cuadro. No convenía descartar a nadie.

■

Un día más con papeleos, visitas a la *morgue* y ceremonias fúnebres y Rodrigo Sáenz de Almenara se hubiera puesto enfermo, natural o artificialmente, y habría mandado a alguien a sustituirle en todos esos engorrosos trámites mortuorios. Tanto padecimiento lo tenía fuera de sí, sin otra preocupación que resarcirse de los quebrantos que le había causado el inoportuno Salmerón. Y para eso nada mejor que una buena jornada amatoria. Algo que un ser humano de sangre tan caliente como la suya no podía aplazar por más tiempo.

Para su fortuna, Trini también estaba en buena disposición. No le dolía la cabeza ni había quedado con una amiga para ir de compras. Todo lo contrario. Estaba pletórica y picante, más animada que el último día, con ganas de dejarse arrastrar por aquel corcel desbocado que era el embajador.

Una breve conversación telefónica durante la mañana, de despacho a despacho, había dejado todo listo para la gran cita.

–Trini, tenemos que vernos o no habrá hielo en la Antártida para enfriar el volcán que llevo dentro.

–No exageres... –había dicho, sonriente, la funcionaria, encantada con tanto ardor.

–Si no apagas pronto este fuego, no hará falta que me enterréis como a Salmerón porque yo mismo me convertiré en cenizas.

–Eso ni lo nombres.

–Tenemos que vernos esta tarde. No me digas que no puedes.

–¿Dónde?

–Qué tal en el hotelito de Camden, para no ir muy lejos.

–Allí estaré. A la hora de siempre.

–Pregunta por la habitación en llamas y allí me tendrás esperando.

–Llevaré el extintor, por si acaso.

El embajador pasó el resto del día con la ansiedad de las grandes ocasiones. Despachó lo más deprisa que pudo los asuntos de la jornada, asistió a una comida informal en la Embajada turca y a primera hora de la tarde se dejó ver en un acto de la Embajada japonesa. Después se escabulló del protocolo –a su mujer le había dicho que tendría japoneses para todo el día–, cogió un taxi y le indicó una dirección en Greenland Road. Pocos minutos después descendía del vehículo para entrar en el Hotel Lancashire, uno de los diversos lugares de Londres y alrededores por donde Trini y él rotaban sus encuentros amorosos.

Norman Whitaker le vio entrar, pero sin distinguir de él ningún detalle. Ya había oscurecido y lo poco que observó del visitante que llegaba en taxi y subía los peldaños del hotel fue su espalda. Nada más. Lo fotografiaría a la salida, como a todos los demás, confiando en que la película ultrasensible con que había recargado la cámara y la luz de la entrada del hotel serían suficientes para desvelar los rasgos de cuantos fueran abandonando el Lancashire.

El embajador se registró como míster Soares, su nombre de guerra para citas clandestinas. Chapman, que estaba a esa hora en la recepción, ya le conocía de otras veces y sabía perfectamente a qué iba. Era fácil adivinarlo en todos los clientes que como él llegaban sin equipaje. Le dio una buena habitación, acogedora y discreta, y le deseó que tuviera una buena estancia en el Lancashire.

–Estoy seguro –murmuró el diplomático al retirarse.

Quince minutos después llegaba Trini. Primero pasó por delante de Whitaker, a quien le resultó vagamente familiar. Después entró y preguntó a Chapman por la habitación de míster Soares. «Ya está la que faltaba para empezar el baile», pensó el recepcionista mientras le decía el número de cuarto donde la esperaban.

Cuando Trini llamó a la puerta, su enamorado, encendido de pasión, la recibió vestido únicamente con un albornoz. La funcionaria pensó que si algo iba a sobrar en aquel cuarto sería la calefacción. El calor estaba garantizado: aquel hombre parecía un tizón andante.

■

Stan Heaton salió del metro en la estación de Camden y se dirigió a una hamburguesería que vio enfrente. Allí, después de leer la lista de especialidades, se decidió por lo más grande y pidió dos superhamburguesas, con queso, huevo, aritos de cebolla y mucho pepinillo.

El policía que venía detrás de él, siguiéndole a prudente distancia desde la salida de su despacho, se entretuvo mirando el escaparate de una ortopedia mientras Heaton compraba la cena. No había tenido elección, así que mientras el detective esperaba a que pasasen la carne por la plancha, el policía tenía un ojo puesto en diversas prótesis, corsés y bragueros y el otro desviado hacia la puerta de la hamburguesería por donde Heaton debía volver a salir.

Cuando el investigador apareció de nuevo, cargado con una gran bolsa de papel en la que llevaba la cena y dos grandes vasos de coca-cola, el agente abandonó la contemplación de una magnífica pierna de poliéster y encaminó otra vez sus pasos tras los de Heaton, quien en ningún momento se había percatado de su presencia. Acostumbrado a efectuar seguimientos, lo último que podía imaginar era que lo siguieran a él.

El trayecto hasta Greenland Road lo realizó sin muchas dudas, siguiendo las instrucciones que le había dado su compañero por teléfono. El sabueso que iba pegado a sus talones comenzaba a temer que Heaton no tuviese otro destino que su casa, lo que haría muy improductiva la persecución. Pero a mitad de calle se animó cuando vio que Heaton se detenía en la parte trasera de una furgoneta, daba unos golpes en la puerta y pasaba al interior cuando ésta se abría. Difícilmente aquello sería su hogar y tampoco era un sitio normal al que dirigirse tras una jornada de trabajo. Un rápido vistazo al entorno hizo deducir al agente que desde aquella furgoneta se espiaba el hotel de la otra acera. Sólo le faltaba encontrar un buen puesto de observación para controlar a los controladores.

Mientras el policía se instalaba en la esquina de la calle, dentro de una cabina de teléfonos, Whitaker hincó el diente a la hamburguesa y dio el parte de novedades a su compañero.

–Aquí no ha pasado nada.

–¿Ningún movimiento sospechoso?

Whitaker repasó sus notas.

–A las 14,15 alguien tiró una colilla encendida desde una ventana, a las 15,20 paró una furgoneta de la lavandería Hutchinson y descargó dos grandes cestas y a las 15,55 un motorista de Pizza Hut hizo una entrega en el hotel. El resto son entradas y salidas de gente normal.

Heaton hizo como que pensaba.

–Un repartidor de pizza en un hotel... es curioso –dijo rascándose la barbilla con la mano manchada de ketchup.

–Yo he pensado lo mismo, pero en Londres hay muchos hoteles que sólo sirven desayunos.

–Sí, ¿pero quién puede querer una pizza a las 15,55? Demasiado tarde para comer y demasiado pronto para cenar. Eso es muy sospechoso.

Whitaker masticó su hamburguesa preguntándose qué clase de sospechas se podían deducir de aquello. Si comer a deshoras era un indicio de criminalidad, entonces ellos deberían figurar entre los delincuentes más buscados del Reino Unido. Pero Heaton necesitaba desesperadamente algún detalle al que agarrarse. La colilla voladora y la furgoneta de la lavandería no le habían inspirado lo suficiente y se había interesado por el motorista como última esperanza de sacar algo de allí.

–¿Has fotografiado al de las pizzas?

–A ése y a todos.

–Habrá que repasar despacio las fotos. Quizá se las tengamos que enseñar a Olson, el camarero. Puede reconocer alguna otra cara que viese en la exposición.

Heaton sugirió a su compañero que descansara un rato y él tomó su puesto de observación junto a la cámara. Afuera, el policía de vigilancia aprovechó su escondite en la cabina para llamar a la comisaría, explicar su situación y pedir refuerzos o un relevo según como avanzara el seguimiento. Mientras tanto, un vecino que lo observaba tras los visillos de su casa llamó a la policía para decir que había un hombre sospechoso que llevaba un rato encerrado en una cabina en actitud vigilante y sin apenas hacer uso del teléfono. El resto del vecindario permanecía despreocupado y silencioso. Sólo el paso ocasional de algún coche por la discreta Greenland Road alteraba por un instante el aspecto mortecino de la calle.

Dentro del Hotel Lancashire tampoco había mucho movimiento. Lo había habido hasta unos minutos antes en la habitación que ocupaban Trini y su fogoso jefe, pero ahora, consumada la batalla y con ambos contrincantes bastante maltrechos por el ardor puesto en la pelea, recogían velas y se preparaban para salir. Unos pisos más abajo, Nuria y Elena, cansadas ya de tanto encierro, también se acicalaban para airearse. Quizá setenta y dos horas no eran suficiente cuarentena para reponerse de la muerte inducida y borrar su condición de sospechosas de homicidio, pero eran demasiadas para permanecer entre aquellas paredes. Un minuto más podía enloquecerlas, inclinarlas hacia la vida religiosa contemplativa o acrecentar la suspicacia entre sus compañeros, como había demostrado Doris. Lo mejor era dar por zanjado el asunto y salir como si no pasara nada.

Cuando las chicas estuvieron listas, abandonaron su cuarto, subieron arriba y vieron en la recepción a un hombre muy elegante que abonaba los servicios hosteleros y se despedía de Chapman camino de la calle. Ellas fueron tras él, tras el embajador Rodrigo Sáenz de Almenara, y apenas perdieron un minuto saludando al recepcionista, que les preguntó si ya estaban bien de salud para salir de juerga.

Heaton, que colocó el ojo en el visor en cuanto notó que se abría la puerta de enfrente, reconoció de inmediato al personaje que apareció ampliado en la lente fotográfica.

–Eh, ese hombre estaba en el entierro –exclamó sin alzar mucho la voz y mientras apretaba el disparador de la cámara.

Whitaker miró a través de la ventanilla. Rodrigo Sáenz de Almenara se había detenido en la acera y miraba a derecha e izquierda, antes de echar a andar en dirección a Camden al comprobar que por allí no pasaba ningún taxi.

–¡Es el embajador! –exclamó Heaton sin dejar de fusilarle con la cámara–. Es el hombre que presidía el entierro.

Whitaker asintió. Ahora, de frente, sí lo reconocía. Iba a comentar algo, pero Heaton le hizo un gesto para que callara. La puerta volvía a abrirse. Esta vez su sorpresa aún fue mayor.

–¡Las chicas de la exposición! –exclamó en susurros el detective–. ¡Esto empieza a tener sentido!

Cuando Nuria y Elena pisaron la calle, tomaron la dirección contraria de la que había escogido el embajador.

–¡Hay que seguirlas! –dijo Heaton–. Ve tras ellas. ¡Vamos!

Whitaker pensó que también podía seguirlas su compañero, que él aún no había acabado su hamburguesa y no era el mejor momento para echar a correr. Pero pudo más la disciplina y obedeció mecánicamente. Soltó la comida apresuradamente y salió de la furgoneta cuando Nuria y Elena se alejaban por el final de la calle. El policía de guardia en la cabina lo reconoció al verlo venir, supo entonces con quién estaba citado Heaton en la furgoneta y supuso que Whitaker había salido tras las chicas que acababan de dejar el hotel. En esas condiciones no podía esperar a que llegase el relevo. Al pasar Whitaker a su lado, se escondió de medio lado tras el auricular y después colgó el teléfono y salió tras él.

Mientras la caravana perseguidora se ponía en marcha, la puerta del hotel volvía a abrirse y Heaton observaba en ella otro rostro familiar. «Esa mujer también estaba en el entierro –pensó cuando vio salir a Trini–, sólo falta que salga el muerto para animar un poco más este hotel.» Todavía no era capaz de casar las piezas, pero ya no albergaba ninguna duda de que el rompecabezas del *goya* robado tenía su solución en el Lancashire.

■

«Un día voy a cansarme de tanta orden», pensó Whitaker mientras trataba de seguir el paso a las dos chicas que acababan de dejar el hotel. Notaba su hamburguesa mal masticada flotando en un mar de coca-cola que se balanceaba en su estómago. Estaba en las peores condiciones para enfrentarse a un poco de acción. Las largas horas de vigilancia en la furgoneta lo habían dejado entumecido, lento de reflejos, con más deseos de desplomarse en un sofá que de correr las calles detrás de unas desconocidas.

Hacía tiempo que no se ejercitaba en las artes de la persecución y le costaba medir la distancia correcta para no perderlas de vista sin que se hiciese demasiado evidente su presencia al acecho. Hubo un momento, cuando ellas se pararon en un semáforo antes de cruzar la calle, en que le pareció que se aproximaba demasiado. Whitaker se detuvo entonces y se dio la vuelta, simulando observar un escaparate. Pero lo que vio fue a un hombre que a pocos metros de él repetía sus mismos movimientos: se paraba, se volvía y se quedaba mirando otro comercio. Esa casualidad, esa repetición de movimientos, ya era bastante extraña como para alertar a Whitaker sobre aquel individuo, pero además observó el cartel bajo el que se había detenido el otro hombre, que era el de una funeraria: «O anda buscando un ataúd o ese tipo me está siguiendo», pensó Whitaker. Para salir de dudas prolongó un poco su presencia ante el escaparate mientras miraba de reojo al de la funeraria. Cuando vio que el tipo aquel no se movía, que seguía con la cara pegada al cristal del negocio mortuorio, tan concentrado como un goloso delante de una pastelería, no tuvo ninguna duda de que iba tras él. Pero entonces también recordó que él mismo era un perseguidor: «¡Las chicas!», pensó, y se giró al otro lado para buscarlas. Fue inútil. El tiempo que había perdido en comprobar si alguien le seguía lo habían ocupado ellas en cruzar la calle y en desaparecer de su vista. «Heaton se va a poner contento», pensó Whitaker. En un minuto había pasado de galgo a liebre, de flecha a diana, de perseguidor a perseguido.

«¿Quién será ese tipo? –pensó–, ¿me busca a mí o iba también tras ellas?» En los minutos siguientes saldría de dudas.

Incapaz de recorrer las calles al azar intentando recuperar el rastro de las chicas, Whitaker emprendió el regreso hacia la furgoneta dando un gran rodeo a la manzana. Un par de veces repitió la operación de detenerse ante un escaparate para comprobar que el hombre le seguía. A esas alturas el agente de policía ya intuía que le habían descubierto y que su hombre había perdido la pista de las chicas, por lo que se planteaba seriamente abandonar la persecución. Y así lo hizo cuando comprobó que se dirigían nuevamente a Greenland Road.

Cuando Whitaker llegó junto a la furgoneta y se volvió para buscar a su perseguidor, éste ya no estaba. El policía se había retirado unos metros antes y desde un teléfono informaba a la comisaría de sus últimos movimientos y de su seguridad de haber sido descubierto, lo que invitaba a suspender el seguimiento.

Heaton se sorprendió de ver entrar tan pronto a su compañero.

–¿Qué pasa? ¿Las has perdido?

–Alguien me sigue –contestó Whitaker, evitando responder afirmativamente una cuestión que no le dejaría en buen lugar.

–¡¿Te siguen?! ¿Quién puede seguirte?

–No me he parado a preguntárselo, pero será mejor que nos vayamos. Creo que alguien nos ha descubierto.

–Eso quiere decir que estamos tras una buena pista –dijo Heaton–. Algo se mueve en este hotel. Primero un embajador, después las chicas de la exposición, seguramente las mismas que estaban cuando murió el agregado cultural, después otra mujer que estaba en el entierro y ahora el que te sigue. Aquí pasa algo. Quizá un complot, tal vez un chantaje... quizá lo del cuadro sea lo de menos. Esto hay que investigarlo a fondo.

Whitaker, cansado de una jornada tediosa, estaba de

acuerdo con cualquier iniciativa siempre que se fuesen cuanto antes de allí. Y eso hicieron. Dar por finalizada la vigilancia y arrancar con la furgoneta camino de casa, a consultar con la almohada la estrategia para el día siguiente.

XIII

Meredith escogió la llave de la habitación 214 para el viajero que acababa de llegar, un tipo de aspecto serio, vestido con una gabardina pasada de moda y cargado con una maleta, que se registró con el nombre de míster Smith, pagó dos noches por adelantado y pidió una habitación con ventana a la calle.

–Segunda planta, al final del pasillo –indicó Meredith–. ¿Quiere que le suba la maleta?

–No es necesario –respondió Stan Heaton, alias «míster Smith», recogiendo la llave que le tendía y encaminándose hacia el ascensor.

Heaton había decidido alojarse él mismo en el Lancashire por si la persona que había seguido a Whitaker tenía alguna relación con el hotel y lo reconocía. Por ese lado podía sentirse seguro: nadie en el Lancashire sospecharía de él. Pero los tres agentes de policía que le habían seguido en diferentes vehículos desde que había salido de su casa ya habían comunicado al inspector Cullimore que Heaton había regresado al hotel de la noche anterior con una maleta y con todo el aspecto de pretender quedarse.

En realidad a Heaton le hubiese gustado alojarse en la Embajada española, el lugar desde el que suponía que se había organizado la desaparición del cuadro, aunque aún desconocía con qué intenciones. Como eso era imposible, mandó a Whitaker a fisgar y él se pertrechó del mejor material que tenían y se metió en el Lancashire dispuesto a averiguar qué conexión tenía ese hotel con la Embajada, para qué clase de tejemanejes servía de tapadera.

Una vez en la habitación, antes de hacer cualquier otro movimiento, Heaton realizó una comprobación rutinaria por todos los rincones donde podía camuflarse un micrófono o una cámara. Hallándose una Embajada por medio, no podía descartar que algún servicio de espionaje estuviese implicado. Sin embargo, un rápido examen sólo le sirvió para descubrir que hacía meses que nadie pasaba el plumero por el marco del espejo y el riel de las cortinas. De la CIA o del CESID no encontró ningún rastro.

Cuando estuvo completamente seguro de su intimidad, Heaton abrió su maleta y extendió sobre la cama el material que portaba. Un escáner para rastrear comunicaciones radiofónicas o de teléfonos sin cable, otro para conectar en el teléfono e interceptar las conversaciones telefónicas que se realizaran a través de la línea interna del hotel, una grabadora con conexión simultánea para ambos escáneres, la minicámara fotográfica, dos micrófonos inalámbricos del tamaño de una cereza y un pequeño receptor para sintonizarlos, además del material menos sofisticado, el de batalla: guantes, linterna, ganzúa, palanqueta, destornillador, llave inglesa y otras herramientas. Pocas veces encontraba justificación para semejante despliegue. De hecho, cuando observó aquel arsenal sobre la cama lo primero que se preguntó fue si recordaría cómo funcionaba todo aquello.

■

A Cullimore no le gustaba que alterasen su línea de investigación, pero tampoco estaba dispuesto a dejarse adelantar por la competencia. Seguía firme en su convencimiento de que las pistas para dar con el autor del robo había que buscarlas a través de la clave del plátano e investigando la vida y la obra del pintor. Pero si los hombres del Westland Bank organizaban un despliegue en torno a un hotelito de Camden tampoco podía cerrar los ojos y obviarlo. Su obligación era controlar todos los movimientos sospechosos. Además, estaba el prestigio profesional. Sería un golpe moral para Scotland Yard que un par de detectives de mala muerte, dos huelebraguetas metidos a perseguidores de industriales en quiebra, se le adelantasen descubriendo el cuadro, o quizá negociando su rescate, para que luego el banco alardeara de haberlo recuperado por sus propios medios.

–Por ahí no paso.

Cullimore llamó a rebato cuando supo que Heaton se había instalado en el Lancashire.

–Se suspenden todas las demás investigaciones mientras dure la «operación Lancashire».

Quizá había sido tímido la tarde anterior enviando a un solo hombre tras los detectives, pero ya se había corregido poniendo al día siguiente a tres agentes tras sus huellas. Y aún aumentaría el despliegue.

–Quiero a cuatro hombres alojados en ese hotel, en diferentes plantas, y otros tantos en coche, en moto y a pie, en la calle, por si tenemos que seguir a alguien que salga. ¿Y el otro? ¿Dónde está el socio de Heaton?

Nadie lo sabía.

–Que alguien lo busque –dijo Cullimore, aunque con el despliegue que había ordenado ante el hotel ya no le quedaban hombres disponibles y tendría que pedir refuerzos si quería abarcar más.

El inspector sabía que no podría disponer durante muchos días de un pequeño ejército a su servicio. Si no salía algo de allí, sus superiores no le permitirían muchos alardes. Si Heaton y Whitaker no le conducían hasta el cuadro, sufriría una merma de efectivos y las investigaciones se lentificarían. Lo cual, teniendo en cuenta que hasta el momento no habían avanzado ni un milímetro, equivalía al desastre. Por eso Cullimore apostó fuerte por la pista del hotel y pidió a sus hombres un esfuerzo.

–Máxima concentración y capacidad de sacrificio –les arengó al distribuir las funciones–. Prefiero sangre, sudor y lágrimas a rendición, vergüenza y oprobio.

Hasta la estatua de Churchill se removió inquieta frente al Big Ben cuando Cullimore le arrebató sus consignas.

■

Cuando el primer secretario abandonó su despacho, el embajador levantó el auricular y marcó el número de Trini.

–Hoy también tengo libre –dijo, ahorrándose los saludos.

–¿Y?

–¿Repetimos?

–¡¿Pero aún te quedan fuerzas?!

–Ya me conoces. Cuanto más me entreno, mejor compito.

–Yo estoy agotada.

–Tú no tienes que hacer nada, querida. Ningún esfuerzo. Déjalo todo en mis manos. ¿Qué me dices?

–No sé...

–Entonces a la misma hora y en el mismo sitio.

–Pero es que...

–No se hable más. Allí te espero.

Rodrigo Sáenz de Almenara colgó sin darle oportunidad para más excusas. Le ahorró las dudas a su pareja por la vía del apremio. «Ya se animará a lo largo del día –pensó el embajador disfrutando de su victoria táctica–, hay que evitarles el esfuerzo de pensar porque si no se lían.»

■

A Meredith le extrañó aquel aluvión de hombres solos. Primero había sido el tipo de la gabardina, el que había pedido una habitación con vistas a la calle. Un rato más tarde empezaron a llegar los otros. Escalonadamente y todos con un vago aire común. Su aspecto no era el de viajantes. Tampoco turistas. No tenían rostro de cansados. No parecía que viniesen de muy lejos. Llegaban ligeros de equipaje, todos tenían acento londinense y ninguno dejaba de observar con detenimiento la recepción mientras Meredith los inscribía. Pero lo que más sorprendió al recepcionista fue el reparto de sus preferencias. Si el primero había mostrado sus deseos en cuanto a orientación, los demás lo hicieron en cuanto a altura. Y ninguno coincidió: uno pidió una habitación en la primera planta, el siguiente la solicitó en la segunda, otro requirió la tercera planta y el que acababa de llegar había mostrado a Meredith su interés por alojarse en la cuarta planta, la más alta del hotel. Eso le planteó un pequeño problema.

–En la cuarta no me queda nada libre ahora –dijo Meredith al recién llegado–, pero acaban de dejar una. Si espera un poco para que cambien la ropa y la limpien, puede quedarse con ésa. Si tiene prisa, puedo darle otra en cualquier planta.

–Esperaré –contestó el hombre–. Me gusta estar arriba.

Realmente le importaba tanto la azotea como el sótano, pero se trataba de un policía disciplinado; en esta operación era el Agente 4 y sólo se alojaría en la planta que le había asignado el inspector Cullimore, porque suponía que los que le habían precedido, los agentes 1, 2 y 3, ya ocuparían sus respectivos lugares de acuerdo con su numeración.

Mientras el Agente 4 se acomodaba en un sillón, Meredith localizó a Nuria y Elena, les dijo que dejaran lo que estuvieran haciendo y les urgió para que arreglaran rápidamente la 404.

–Tengo un cliente esperando –dijo.

–¿Y no le da igual la 308? –objetó Elena, al teléfono, proponiendo a cambio la habitación que en ese momento terminaban de limpiar.

–He dicho cuatro cero cuatro –silabeó Meredith, y después colgó.

La orden era tajante. Así que recogieron el carro y enfilaron el camino de la cuarta planta.

Casi al tiempo que ellas empezaban a limpiar la 404, los agentes 1, 2 y 3 salían de sus respectivas habitaciones para inspeccionar sus plantas, recorrer los pasillos, buscar las salidas de emergencia y pegar la oreja en cualquier puerta donde sonara algo mínimamente sospechoso.

Heaton, que había mantenido una ardua pelea para conectar cada cable en su sitio y empezar a controlar los teléfonos, también decidió que había llegado el momento de pasear sigilosamente por el interior del hotel en busca de evidencias.

Lo primero que encontró al salir de su cuarto fue al Agente 2 ojeando el interior de un jarrón que adornaba una rinconera. La mirada que cruzaron sirvió al policía para reconocer a su presa y al detective para presentir que la presencia de aquel tipo allí no era una casualidad inocente. Aunque el Agente 2 puso cara de anticuario y revoloteó alrededor de la cerámica como si acabase de descubrir una pieza de la dinastía Ming, Heaton sospechó que aquel tipo estaba allí vigilando algo.

Tomó buena nota de su aspecto, por si volvía a cruzarse con él, y se dirigió a las escaleras para descender a la planta inferior en busca de territorios menos concurridos para curiosear. Pero en el pasillo de la primera planta se encontró a otro hombre, el Agente 1, y entonces comprendió que convenía tomar muchas precauciones y actuar con mucho sigilo para sacar algo de allí. El hotel empezaba a parecerle un campo minado.

■

Después de una mañana infructuosa, dedicada a intentar obtener alguna información en la Embajada española, Whitaker recibió una llamada de Heaton con una orden tajante: aunque le reconociesen todos los vecinos de Greenland Road, debía personarse en las inmediaciones del hotel porque allí había demasiado movimiento para un hombre solo.

–Si uso otra vez la furgoneta me descubrirán en seguida –objetó Whitaker por teléfono.

–Alquila un coche, métete en la casa de enfrente, o en una alcantarilla. Haz lo que quieras, pero antes de una hora quiero verte controlando la puerta del hotel –dijo Heaton antes de colgar.

«Típico de Heaton –pensó Whitaker–, mucha prisa pero poca idea. A ver ahora cómo me las ingenio yo.»

Justo entonces se acordó de su cuñado.

Le costó un poco convencer al marido de su hermana para que le cediera el vehículo por unas horas, pero la promesa de devolverlo antes de las doce y el pago de unas libras de comisión por adelantado vencieron las reticencias del cuñado y, poco después de la hora fijada, Whitaker llegaba frente al Hotel Lancashire y aparcaba en doble fila.

–Ya estoy aquí –dijo, tras marcar en el móvil el número de su compañero.

Heaton miró a través de las cortinas. Frente a su ventana había una camioneta de venta de perritos calientes.

–¿No serás el de las salchichas? –preguntó pegando la cara al cristal.

–Ése mismo –contestó Whitaker.

«Menos mal que no ha venido en un coche de bomberos», pensó Heaton observando detenidamente aquella camioneta cuyos laterales abatibles se convertían en mostrador y con la que el cuñado de Whitaker vendía bocadillos en las proximidades de parques, colegios y discotecas, a diferentes horas de la mañana o de la noche, según el día de la semana.

–¿Eso es lo mejor que has encontrado para pasar desapercibido?

–No había otra cosa.

–Claro, claro. Y si alguien te persigue, puedes tirarle el ketchup. Está bien. No importa. Lo importante es que vigiles la entrada y me avises de lo que veas. Si de paso quieres vender algún perrito...

Whitaker ya lo había pensado. De hecho se había puesto el uniforme que solía vestir su cuñado, con delantal y gorrito, porque pensaba que de esa guisa ni siquiera su perseguidor de la tarde anterior sería capaz de reconocerlo. Así podría permanecer con el chiringuito abierto, observando tranquilamente la puerta del hotel, mientras vendía alguna que otra salchicha. El único problema era que en Greenland Road apenas encontraría clientes. A no ser que los policías que habían escuchado la conversación que acababa de mantener con Heaton sintieran la curiosidad de verle mejor y se acercaran a por una salchicha. Porque no sólo Heaton disponía de interceptadores de comunicaciones.

Los hombres de Cullimore desplegados en el exterior del hotel habían escuchado todo y habían comunicado al inspector la llegada de refuerzos camuflados en un camión de salchichas.

–¿Salchichas? –exclamó Cullimore cuando le comunicaron la novedad–. ¿Qué quiere decir con eso?

–Perritos calientes... pan, tomate, mostaza, ya sabe; comida rápida –le aclaró uno de los agentes de vigilancia.

Cullimore recomendó que extremaran la vigilancia sobre ese vehículo y cuando cortó la comunicación se quedó pensando en el evidente parecido entre los plátanos y las salchichas. «Cilíndricos, con una ligera curvatura, ambos productos alimenticios y ambos símbolos fálicos –pensó el inspector repicando con sus dedos contra la mesa–, quizá tengan algo que ver entre ellos.»

Mientras Cullimore seguía buscando una teoría lo bastante intelectual como para dotar al robo de un cierto encanto, sus hombres iban a lo práctico y se centraban en la habitación 214, los de dentro, y en el furgón de Whitaker, los de fuera. Y en nada más, porque no se apreciaba ningún movimiento.

Por su parte, Heaton había descubierto lo difícil que era el campo de las telecomunicaciones: sus aparatos de control telefónico sólo registraban un sinfín de armónicos pitidos entre los que era imposible distinguir una voz humana.

–Mierda de tecnología –exclamó tras agitar infructuosamente el escáner, batiéndolo como si fuera un coctelera.

En esa pelea estaba cuando sonó nuevamente el móvil. Era Whitaker y estaba muy excitado.

–Atención: llega el embajador –gritó, sin más explicaciones.

Heaton tampoco pidió más detalles. Sin contestar, lanzó el teléfono sobre la cama y se abalanzó sobre la puerta. Salió al pasillo, que en ese momento estaba vacío, y bajó las escaleras volando sobre los escalones de tres en tres.

Sus prisas dieron resultado: aterrizó en la recepción en el mismo momento en que Meredith tomaba una llave y se la tendía a Rodrigo Sáenz de Almenara. Heaton alcanzó a ver el casillero de donde la sacaba: el 302. Inmediatamente después, el embajador, sin prestarle atención, se retiraba hacia el ascensor, mientras el recepcionista lo observaba con curiosidad.

–¿Deseaba algo? –preguntó Meredith.

Heaton no había preparado una coartada para su bajada en tromba y dudó un momento.

–Eeeeh... ah, sí –titubeó mientras repetía mentalmente «tres cero dos, tres cero dos»–, quería saber si servían cenas.

La improvisación de Heaton no fue muy convincente. A Meredith no le pareció que ése fuese un buen motivo para descender dos plantas. Pero fiel a su discreción se limitó a contestar cortésmente.

–Sólo cosas ligeras. Podemos prepararle un sandwich, un té, un par de huevos. Si quiere algo más elaborado puedo recomendarle varios restaurantes cercanos.

Heaton no deseaba alargar la conversación. Tenía cosas más importantes que hacer.

–Lo pensaré. Muchas gracias –dijo, y se retiró inmediatamente por donde había venido, consciente de que su actuación no había sido muy brillante pero en un punto de excitación en el que ya no podía entretenerse en tomar precauciones.

Al pasar por la primera planta observó la presencia del Agente 1 en el pasillo y un piso más arriba, antes de entrar en su cuarto, también vio al Agente 2 disimulando en la puerta de su habitación. «Aquí se prepara algo gordo», pensó Heaton, sin sospechar que esos que veía tomar posiciones en los pasillos lo hacían porque el aviso de Whitaker había sido interceptado por la policía y habían recibido la orden de observar en dónde se metía ese embajador por el que tanto interés tenían los detectives del Westland Bank.

El Agente 3 fue quien pudo ver que entraba en la 302 y luego volvió a su habitación y lo comunicó al exterior.

–Ahí va a suceder todo –comentó el inspector Cullimore ante el mensaje–. Atentos todos a esa habitación.

■

Doggy aparcó su cochecito de niños bajo un murete de ladrillos y empezó a cubrirlo con ramas y cartones. Lo más valioso que llevaba era un quinqué de aspecto antiguo –una imitación– que intentaría colocar el sábado a algún vendedor del rastro. El resto de las cosas que había obtenido en su paseo por los contenedores no valía gran cosa: un par de libros de texto pintarrajeados, un reloj de cocina con la esfera rota, una figurita de la reina Victoria a la que le faltaba la peana, un par de perchas, las poleas de un reloj de cuco, un banderín del Tottenham Hotspurs y una bandeja metálica con frutas serigrafiadas. No era un botín para suscitar el interés de muchos ladrones, pero Doggy lo camufló con esmero. Aunque sólo fuese por el carrito, su mayor tesoro.

Su refugio estaba ahora en un viejo almacén abandonado en Kentish Town. Doggy ocupaba un discreto cobertizo adosado al muro posterior, rodeado de bidones y de zarzas que le ganaban en estatura. Allí había instalado su dormitorio en las últimas semanas y allí iba a dar con sus huesos cuando se cansaba de recorrer la ciudad rebuscando en las basuras. Sólo tenía que guardar la precaución de rodear la vieja nave para no molestar a los yonquis que a ciertas horas se metían allí a agujerearse las venas.

Cuando dejó perfectamente escondido el cochecito al lado del lugar donde pasaría la noche, Doggy pensó que había llegado el momento de buscar la cena. Algunas noches llegaba de su ronda con algo que masticar, pero hoy no había coincidido con ningún establecimiento generoso que le regalara un muslo de pollo, así que tendría que volver al comedor social de Camden.

Salió del recinto por el mismo agujero de la tapia que usaban los drogotas y algunas parejas que no encontraban mejor lugar donde acoplarse, y enfiló Kentish Town Road todo hacia abajo. Con el pasito corto que le caracterizaba y más lento de lo que su apetito hacía aconsejable.

Cuando llegó al comedor social había la cola de costumbre y a ella se unió sin preguntar quién daba la vez ni qué había de cena. Una cosa era segura: de las patatas, los guisantes y el brócoli no le libraba nadie.

Doggy permanecía silencioso, ensimismado, aguardando su turno para pasar adentro, cuando llegaron a la fila dos individuos malencarados, uno de los cuales, antes de ocupar su puesto al final, se detuvo al reconocerle.

–Eh, mira a quién tenemos aquí –exclamó–: el ladrón de cadáveres.

Era el tipo con el que un par de días antes había compartido la mesa y a quien no le había gustado nada la procedencia de la chaqueta de Doggy, la misma chaqueta que lucía ahora.

–¿No te dije que no quería volver a verte con esta ropa? –dijo el hombre, amenazante–. Hueles a muerto.

Doggy se encogió de hombros.

–No tengo otra que ponerme.

–Pues ya te la estás quitando.

Todos los presentes en la fila barruntaron que iba a haber follón.

–¿Me das la tuya? –preguntó Doggy ingenuamente.

El tipo se sulfuró ante aquella respuesta y sin poder contenerse agarró a Doggy de las solapas y lo zarandeó.

–Una paliza es lo que te voy a dar, mamón –gritó–. Vas a ir a hacerle compañía al que se la quitaste.

En la fila se originó un pequeño alboroto, con gritos entrecruzados entre los que defendían a Doggy, los que por cuestión de supervivencia se ponían al lado del matón y los que simplemente disfrutaban armando bulla cuando había jaleo. Sólo Doggy permanecía silencioso, apático, como si la cosa no fuese con él.

El tumulto hizo que el encargado del comedor social se acercara a poner paz. Al saber lo que pasaba, conociendo sobradamente al que amenazaba a Doggy y a su acompañante, decidió castigarles sin postre. Y sin todo lo demás.

–Vosotros hoy no cenáis –dijo invitándoles a irse con un gesto–. Volved cuando os hayáis civilizado.

Nadie discutió la orden. Ponerse del lado de los expulsados era arriesgarse a seguir su suerte y ya no eran horas de buscar otro restaurante gratuito. Los castigados tampoco protestaron tanto como para cerrarse la puerta en días venideros. Simplemente se retiraron, enfurruñados, no sin antes dejar un mensaje a media voz.

–Ésta me la vas a pagar –le dijo a Doggy, entre dientes, su implacable perseguidor.

Al vagabundo la amenaza no le hizo ningún efecto especial. A esas alturas apenas oía otra cosa que el insolente crujido de sus tripas.

■

Encerrado en el baño de la 302, de pie ante el espejo, Rodrigo Sáenz de Almenara se perfumaba suavemente tras haberse embutido en un cómodo albornoz. El embajador canturreaba una vieja canción mientras palmeaba su cara con los más cariñosos cachetes que era capaz de darse a sí mismo.

–Pasarán más de mil años, muchos más...

La excitación del día anterior había dado paso a un suave relajamiento. La tarde previa había sido el bálsamo que le había recompensado de tanta jornada aciaga, de robos y de muertos, y de todos los nervios ocasionados por tanto acontecimiento fuera de control. Hoy era otra cosa. Hoy no sólo estaba excitado, también se hallaba cariñoso. Estaba presto para el desenfreno, pero también para el arrumaco.

–...yo no sé si tendrá amor la eternidad...

Si Heaton hubiese conseguido introducir alguno de sus micrófonos en el lugar donde se acicalaba, sólo habría podido registrar las notas de un bolero cuyas frases no entendería. Eso, la seguridad de que, pasara lo que pasara, el asunto sería entre españoles y difícilmente podía entenderlos, consolaba al detective de haber transportado tanto material inútil. Porque Heaton ya había desechado los escáneres y las grabaciones y se centraba únicamente en calcular cómo podía llegar hasta la habitación 302 y averiguar lo que pasaba dentro. Tenía el presentimiento de que allí podía estar el cuadro robado y quizá algo más, quizá también la tapadera de un complot diplomático.

El problema era eludir a los vigilantes del pasillo y

también saber de parte de quién estaban. Aún no contaba con la policía. En sus previsiones no figuraba que Scotland Yard dispusiese de los datos que a él le habían llegado casi por azar: el camarero cazarrecompensas que sorprendió al diplomático cambiando el cuadro, las chicas que lo buscaban en la exposición y le pusieron tras la pista del hotel donde ahora se hallaba. Esa información no la tenía nadie; de eso estaba completamente seguro.

Pero los hombres de Cullimore estaban al acecho y a ellos no les fallaba el despliegue técnico. Ellos sí controlaban todas las conversaciones telefónicas que entraban y salían del hotel, por cable o por aire, como era la que realizaba nuevamente el presunto salchichero Whitaker al detectar la presencia de Trini llegando al hotel.

La vio aparecer tras doblar la esquina y al instante, aunque él no la recordaba del funeral, encajó su descripción con la que Heaton le había contado de la mujer que salió en último lugar la tarde anterior. Rápidamente marcó el número de Heaton para contarle a su colega –y de paso, sin querer, también a los policías– que aumentaba el número de sospechosos.

–Llega la mujer que viste ayer –dijo, sin más preámbulos.

–Bien. Y aún vendrán más.

–¿Sabes algo de las chicas?

–Nada por aquí. Pero si aparecen, quizá tengas que entrar a ayudarme.

«Ha llegado el momento de pasar a la acción», pensó Heaton tras cortar la llamada. Dejó el teléfono sobre la cama, palpó la americana para comprobar que la pistola seguía en su lugar y se quedó de pie junto a la ventana para hacer tiempo; cinco o diez minutos, para permitir que la recién llegada accediese hasta el punto de encuentro, la clave de todo, la habitación 302.

Trini necesitó menos tiempo del que le concedía Heaton para llegar a donde le aguardaba su embajador enamorado. La funcionaria pasó ante Meredith como una exhalación, sólo lo justo para que el recepcionista le informara de dónde esperaba «míster Soares». Después, rápidamente, al ascensor. Y una vez en la planta tercera, buscó el número indicado y golpeó suavemente con los nudillos bajo el número 302.

El Agente 3, observando a través de la fina rendija que dejaba su puerta entreabierta, la vio llegar y la siguió con la mirada hasta que desapareció dentro de la 302. Guiándose por los pocos datos que pudo obtener en los segundos que la tuvo a la vista, juzgando solamente las curvas de la recién llegada, su melena y el cadencioso bamboleo de sus caderas, el policía de vigilancia en la planta 3 sospechó que el único intercambio que se produciría en el cuarto vigilado sería de carácter carnal. «Ojalá me equivoque –pensó el Agente 3–, pero me temo que hemos venido veinte tíos para vigilar una sesión amorosa.»

Pero Rodrigo Sáenz de Almenara estaba dispuesto a superar las previsiones del agente y darle a esa sesión carácter de acontecimiento extraordinario. Así se lo dejó entrever a Trini nada más recibirla.

–Hoy estoy más relajado. Lo de ayer va a parecerte de niños comparado con lo que te espera.

–Entonces he hecho bien en tomar ginseng –murmuró Trini un segundo antes de que el embajador sellase sus labios con un apasionado beso.

Mientras tanto, Heaton consideró que era el momento de ponerse en marcha y asomó la nariz fuera de su habitación. Nadie parecía vigilar ahora. Salió y enfiló los escalones para ascender a la planta superior.

Tampoco en la tercera planta vio a nadie en el pasillo, aunque el Agente 3 sí lo observó a él desde su puerta entornada. Heaton buscó la habitación 302 y vio que estaba al final del pasillo. Pegó disimuladamente la oreja a la puerta, pero no oyó nada. Los amantes tenían las bocas ocupadas.

Heaton se aproximó a la ventana que había al fondo del pasillo y vio que daba a un patio interior. A través de ella aún vio algo mejor: por allí pasaba la escalera de incendios. Entonces la abrió y, antes de tener tiempo para pensarlo, se vio con un pie en el alféizar y el otro alcanzando el descansillo de la escalera de emergencia. Y desde allí apenas metro y medio le separaba de la ventana de la habitación 302. La resolución del caso podía estar a sólo ciento cincuenta centímetros. Muy cerca, pero quizá demasiado lejos para alcanzar a ver lo que pasaba dentro. Eso dependería de su elasticidad y de sus dotes acrobáticas.

■

Nuria apretó los labios que acababa de embadurnar con vaselina y sintió un ligero sabor medicinal.

–¿Acabas? –preguntó Elena, que la esperaba para salir.

Nuria dijo que sí, que no era el maquillaje lo que la entretenía. Sólo trataba de aliviar la calentura que ahora también adornaba unos labios ya bastante agrietados por un clima desfavorable.

–A mí la tensión me asoma por los labios –dijo Nuria.

–A mí la fiebre –opinó Elena.

–Pues a mí los nervios, la inquietud, la incertidumbre, dormir mal, los exámenes, todo eso –enumeró Nuria.

–Entonces no te servirá la vaselina. Mejor te tomas una tila o un par de cervezas, algo que te relaje.

Lo más probable era que aceptara la segunda parte de la receta. Después de todo no iban a ir de herboristerías, sino de bares.

Cuando estuvieron listas, cerraron la puerta de la habitación y pusieron rumbo hacia la calle.

Whitaker las vio salir, las reconoció en seguida y, además de la emoción de ver cómo seguían desfilando los sospechosos, también se preguntó cuándo habían entrado, pues ni él ni Heaton sabían de su presencia en el hotel.

Si unos salían cuando otros acababan de entrar, quizá ya había sucedido algo. Pero no había tiempo para dudas. No podía perderlas otra vez de vista. Si hubiesen entrado en el hotel, habría ido tras ellas para reforzar a Heaton. Pero como sucedía lo contrario, tendría que alejarse para saber cuál era el papel de aquellas chicas en el robo y en la muerte del ladrón.

Whitaker se arrancó el delantal y el gorro y salió aceleradamente de la furgoneta-bar, sin entretenerse en avisar a su compañero ni en ninguna otra cosa que le distrajera de su objetivo.

Su escapada no pasó desapercibida entre los policías que vigilaban los alrededores. Dos agentes se lanzaron inmediatamente detrás de él.

Cuando Nuria y Elena, poco después, llegaban a la esquina donde les aguardaba Kostas, arrastraban tras de sí, a cincuenta metros, al detective Whitaker, y un poco más atrás a dos policías que pronto adivinaron en quién había fijado su seguimiento el investigador privado, aunque desconocían el motivo de su interés. Antes que ninguna otra cosa, antes de empezar la ronda de pubs, Kostas pidió a sus amigas que le acompañaran a la iglesia ortodoxa griega de Oakley Square. Un sacerdote amigo de su familia acababa de regresar de Grecia con un paquete para él.

–¿Y no puedes recogerlo después? –objetó Elena.

–Después es muy tarde –adujo Kostas, pensando sobre todo en lo mucho que le costaba caminar tras varias pintas de cerveza–. Los monjes se tumban pronto.

Sabiendo que los clérigos son de natural madrugador, Nuria y Elena aceptaron la excusa de lo temprano que se acostaban para emprender junto a Kostas los diez minutos de travesía que les separaban de Oakley Square.

Camino de la parroquia griega, en pleno seguimiento, Whitaker echó de menos el teléfono móvil: con las prisas lo había olvidado en el furgón y sin él no podía avisar de sus andanzas a su compañero. Meterse en una cabina era arriesgarse demasiado a perder la pista.

Más previsores, los dos policías que le seguían a él sí disponían de un *walkie-talkie* por el que sus compañeros estaban al tanto de sus pasos. Para desconcierto de Cullimore, que no entendía el desmarque de Whitaker.

–Si ha dejado al otro solo dentro, es que sigue a alguien muy importante –comentó el inspector a sus allegados.

Desconocedores de la gran importancia que habían adquirido en los últimos minutos, Nuria, Elena y Kostas llegaron al templo ortodoxo y lo rodearon hasta encontrar la puerta de la residencia de los monjes. Llamaron al timbre y salió a abrirles un pope barbudo, quien, tras intercambiar unas palabras con Kostas, les invitó a pasar.

Agazapado tras un árbol, Whitaker lo veía todo y no entendía nada. Primero un hotel, después una Embajada y ahora un convento. Nunca había tenido un caso igual. Los delincuentes que él conocía no solían frecuentar ese tipo de lugares. Los policías que andaban tras él también estaban extrañados: no era una iglesia el sitio al que esperaban ir a parar.

Allí se quedaron los tres perseguidores, haciendo tiempo, en diferentes rincones de la plaza, mientras dentro Nuria y Elena bebían una copita de ouzo y soportaban estoicamente la conversación que, en griego, mantenían Kostas y el sacerdote amigo de la familia, quien además de entregarle el paquete parecía dispuesto a ponerle al tanto de todas las novedades que habían sucedido en Atenas desde el fallecimiento de Pericles.

■

La grúa paró junto a la furgoneta de venta de salchichas. Un operario saltó de la cabina, se asomó por encima del mostrador donde había un bote de mostaza, otro de ketchup y un servilletero con pajitas de plástico, y comprobó que allí no había nadie, como les había indicado el vecino que llamó para sugerir que retirasen un vehículo abandonado en Greenland Road. Recién abandonado, pero claramente solitario y por tanto un estorbo para otros vehículos aparcados en el mismo lugar.

«Lo habrán robado», pensó el trabajador de la grúa mientras se ajustaba los guantes y silbaba a su compañero para que le ayudara a iniciar la operación de retirada.

No podían imaginar la cantidad de gente que estaba pendiente de su maniobra. En ese momento, varios policías no les quitaban el ojo de encima.

–¿Ésos tendrán algo que ver con Heaton y Whitaker? –preguntó uno de los agentes a través del *walkie.*

–Yo creo que son los mismos desgraciados que hace una semana se llevaron mi coche –informó una voz sin identificar.

Sólo había que ver la destreza que se daban manejando la grúa para percatarse de que allí no había complicidad alguna y de que las prisas de Whitaker iban a costarle a su cuñado un buen puñado de libras para recuperar aquel cacharro que de Greenland Road iba a ir derecho al depósito municipal. Muy bien escoltado, eso sí, porque Cullimore no estaba dispuesto a desperdiciar una sola pista.

–Por si acaso, seguidlo –ordenó el inspector cuando le informaron de lo que pasaba.

Se iba quedando sin agentes en la calle, pero aún le quedaban los de dentro del hotel. Y más valía que ahí estuviese pasando algo o tendrían que dar la tarde por perdida.

Algo sí pasaba, aunque no era de su incumbencia. El embajador y Trini avanzaban con lentitud, pero con firmeza, hacia el éxtasis amoroso, mientras Heaton probaba mil piruetas para acercarse a la ventana.

Lo intentó subiendo al descansillo superior de la escalera de incendios y descolgando medio cuerpo desde allí, pero no llegaba. Desde abajo también le faltaban unos cuantos centímetros. Estaba claro que sólo un movimiento lateral, saliendo fuera de la barandilla a la misma altura de la ventana, le permitiría observar a través del cristal de la habitación 302.

El brazo no le daba de sí lo suficiente para la inclinación que necesitaba, así que improvisó un sistema de urgencia. Se quitó el cinturón, lo ató a la barandilla de la escalera de incendios y asiéndolo fuertemente con la mano se dejó caer de lado hasta que su cuerpo formó un ángulo recto con la escalera.

El Agente 4, que agazapado en la azotea lo observaba todo desde arriba, pensó que iba a matarse, y al propio Heaton le pareció que era un posición comprometida, pero cuando tuvo la cara delante de la ventana, a pesar de la incomodidad, dio por bueno el riesgo porque al fin podría ver lo que pasaba dentro.

Y algo vio. Contempló unas siluetas que se agitaban en la semioscuridad del cuarto. Eso no le conmovió ni le produjo impresión alguna, pero en ese mismo momento sonó un alarido prolongado que le sobresaltó y le hizo sentirse descubierto. Heaton hizo un movimiento brusco, cosa que en su situación era poco recomendable, aflojó la presión de la mano que le mantenía sujeto por el cinturón a la barandilla y a continuación notó el vacío y la inmediatez del trastazo que llegaba en medio de una mezcla de alaridos: el grito de satisfacción desbordada que acababa de lanzar el embajador en plena apoteosis, el grito que el Agente 4 no pudo reprimir desde arriba al ver lo que pasaba y el suyo propio, el grito que Heaton soltó instintivamente cuando perdió el punto de apoyo y dio por hecho que se mataba.

■

Mientras Nuria, Elena y Kostas apuraban a pequeños sorbos el aguardiente dulzón que el sacerdote charlatán les había servido, no muy lejos de allí Doggy rebañaba el yogur que le había tocado como postre hundiendo la cuchara con glotonería, hastar arañar un poco el cartoncillo.

El clérigo ortodoxo esperó a que sus invitados acabaran las copas y las pastas antes de levantarse a recoger el envío de los padres de Kostas y entregárselo a su destinatario.

–Este cura quiere purgarnos –susurró Elena cuando se retiró el pope.

–El ouzo es bueno para la tripa –apuntó tímidamente Kostas, en un intento inútil de hacérselo perdonar.

–Está asqueroso –remató Nuria–. Sabe a licor de restaurante chino.

En el local benéfico donde Doggy acababa la cena, no había licores digestivos para completar el menú. Tras el yogur no tenía más alternativa que retirarse a su refugio, aunque antes daría un rodeo por las calles cercanas por si había algún contenedor en el que revolver un poco.

Doggy abandonó el comedor social de Camden en el mismo momento que Nuria, Elena y Kostas, con el paquete bajo el brazo, se despedían del monje en la puerta de la parroquia de Oakley Square, bajo la atenta mirada de Whitaker y de los dos policías que los habían seguido hasta allí.

A Doggy también lo vigilaban: ocultos en la acera de enfrente, los dos hombres que se habían quedado sin cena por amenazar al vagabundo lo esperaban para darle un escarmiento.

El trío procedente de la parroquia ortodoxa enfiló por Christopher Street a la derecha, camino de uno de sus pubs habituales, más necesitados que nunca de echar un trago.

–Tendré que beber aguarrás para quitarme este sabor –comentó Elena.

Whitaker los seguía con la esperanza de que volviesen al hotel y deseando que el paquete que habían recogido contuviese algo importante y comprometedor. «Pensándolo bien –se decía el detective–, un convento es un lugar magnífico para ocultar un robo, sobre todo si es de arte.» Los policías se limitaban a la disciplina y no pensaban nada en absoluto.

Doggy caminó, errabundo, por Camden High Street, una calle demasiado transitada para que sus perseguidores se atrevieran a darle caza allí. Pero luego se introdujo por Carlisle Street y empezó a alejarse de la zona concurrida, para satisfacción de quienes le seguían, que empezaron a frotarse las manos para calentar los puños.

En Hull Street, Nuria preguntó a Kostas si no pensaba abrir el paquete. El griego contestó que ya imaginaba lo que llevaba dentro, cosas de su madre, y que prefería no deshacerlo hasta llegar a casa, para transportarlo más cómodamente.

Entonces Doggy giró a la derecha y se introdujo por Sutcliffe Street, una pequeña calle por donde en ese momento no pasaba nadie. Su amigo el matón y el otro aprendiz de camorrista lo hicieron pocos segundos después.

Mientras Nuria, Elena y Kostas, más el grupo perseguidor, recorrían Tileyard Road, los dos castigados sin cena se abalanzaban sobre Doggy al grito de «ahora vas a pagarlo, cerdo asqueroso».

Doggy no los vio venir, pero los reconoció en seguida. En cuanto oyó la amenaza y recibió el primer puñetazo a la altura de la sien, supo que el maniático que la había tomado con su chaqueta le pagaría con un corte de digestión por haberle dejado sin cena.

Doggy no hizo nada por defenderse. Se limitó a taparse la cabeza con las manos y a gritar desconsolado mientras sentía los golpes por todo el cuerpo, un alud de brazos y piernas que se estampaban contra él.

–Te voy a mandar con el dueño de la chaqueta, mamón –gritaba fuera de sí el más exaltado.

Doggy podía haber coleccionado muchas fracturas de no haber sido porque en ese momento aparecieron tres personas por el otro lado de Sutcliffe Street. Tres personas que al principio se quedaron paralizadas al observar la pelea, pero cuya presencia fue suficiente para asustar a quienes golpeaban a Doggy. Al verles echaron a correr profiriendo amenazas y prometiendo más golpes futuros para el vagabundo.

Sólo entonces, cuando los agresores huyeron, Nuria, Elena y Kostas, que se habían visto sorprendidos por el altercado, se acercaron corriendo para socorrer al hombre que permanecía sentado en el suelo, doliéndose de los golpes que acababa de recibir.

–¿Está usted bien? –preguntó Elena, mientras le ayudaba a incorporarse.

Doggy no respondía. Sólo se quejaba amargamente de su suerte, mientras se palpaba las zonas doloridas.

Whitaker observaba la escena desde la esquina, sin distinguir bien lo que pasaba. Los policías, obligados a pararse unos metros más atrás, no veían nada y no sabían por qué se había parado la persecución.

–¿Quiere que lo llevemos a un hospital? –insistía Elena.

–Mejor a la policía –dijo Kostas.

–O al servicio de desinfectación –murmuró Nuria, a la vista del aspecto del vagabundo.

Pero, de repente, su rechazo por aquel hombre de aspecto lamentable se trocó en altísimo interés, que Nuria demostró con un grito de sorpresa.

–¡No puede ser! –exclamó agarrando a Doggy por las solapas–. ¡No me lo puedo creer!

El vagabundo se temió otra tunda, aunque no recordaba haberle hecho ningún mal a aquella chica.

–¿Se puede saber qué te pasa ahora? –preguntó Elena alterada por el bocinazo de su amiga.

Nuria agarró con más fuerza la solapa de Doggy, cada vez más asustado, y tiró de ella mostrándosela a sus compañeros.

–Esto es lo que me pasa –dijo Nuria señalando la insignia en forma de cabeza de perro que lucía Doggy en su ya muy estropeada americana.

Elena y Kostas comprobaron con estupor que aquel indigente lucía en el pecho la misma insignia que les había hecho seguir a Salmerón.

Elena no daba crédito a sus ojos. Kostas, por el contrario, se lo tomó con naturalidad.

–El club de tu padre tiene más socios que el Panathinaikos –dijo el griego, con admiración.

■

Doris estaba sentada en un taburete, con un cigarro entre los dedos, hojeando las páginas grasientas de una revista que llevaba varios días rondando por la cocina, cuando oyó a su lado un estruendo que la hizo brincar sobre la banqueta y llevarse la mano al corazón.

–¡Por todos los diablos! –exclamó.

El golpe se había oído por el lado de la despensa. Sonó como si se hubiese desplomado una estantería. O quizá algo peor. Como si un muro se hubiera venido abajo. Aunque Doris no había notado ningún temblor ni las paredes de la cocina tenían aspecto de haberse movido un milímetro. Pasado el susto inicial, la cocinera tiró la revista y se precipitó sobre la puerta de la despensa, la abrió y dentro encontró el origen del estruendo: tendido sobre decenas de bolsas de magdalenas, cartones de huevos y paquetes de salchichas, un hombre maltrecho, pero vivo, se lamentaba con un hilillo de voz de su mala fortuna.

–Ay, ay, ay, ay, ay, ay –repetía Heaton suavemente, como una letanía.

–¡Qué el diablo me lleve! –exclamó Doris–. ¡¿Y éste de dónde ha caído?!

Heaton apenas había volado seis metros antes de que su cuerpo chocara con el techo de plástico de la despensa, que traspasó con dolor, pero frenando al mismo tiempo su velocidad, antes de aterrizar sobre un terreno medianamente mullido, hecho de bollería, cartonaje y charcutería. Primero el plástico, y después las salchichas y las magdalenas, le habían salvado la vida.

Mientras tanto, arriba, el Agente 3, que estaba al acecho, supuso que el griterío equivalía a una orden de entrar en acción, que alguien se empleaba con violencia y por tanto un policía disciplinado como él, a pesar de sus recelos anteriores, debía intervenir en los incidentes. Ni corto ni perezoso, saltó pistola en mano, se plantó ante la puerta de la 302 y de un tremendo patadón reventó la cerradura y desencajó el pomo.

–¡Qué nadie se mueva! –gritó, antes incluso de divisar a alguien.

El embajador y Trini, que acababan de culminar con éxito un clímax épico, no estaban en ese instante para muchos ajetreos. Bastante tenían con respirar ruidosamente para recuperarse de su esfuerzo. Por eso la irrupción del Agente 3, a gritos y armado, les pareció algo irreal ante lo que se quedaron sin capacidad de reaccionar. Como si fuera un éxtasis tan sensacional que llevara de premio una película de regalo. Aunque en seguida comprobaron que, a juzgar por sus movimientos, el Agente 3 tenía muy poco de realidad virtual.

–¡Quietos todos! –insistió el recién llegado–. ¡Policía!

Lo primero que pensó Rodrigo Sáenz de Almenara fue que a aquel tipo lo había mandado su mujer, que por fin iba a darle un escarmiento. Trini sólo pensó en taparse: no estaba dispuesta a exhibir sus encantos ante ningún cuerpo que no fuera diplomático. Y el Agente 3, cuando empezó a distinguir la escena en la que había irrumpido, pensó que ojalá llegasen cuanto antes los refuerzos porque ya no tenía muy claro qué se debía decir en tales situaciones. No había rastro de violencia ni nada que descubriese el origen de los gritos, y a cambio tenía ante sí la escena que había sospechado cuando vio llegar a la dama. El Agente 3 tenía motivos para ponerse nervioso.

–¡Le doy el doble de lo que le haya pagado mi esposa! –exclamó entonces el embajador, alzando las manos y cubriendo como podía sus desnudeces.

Mientras encañonaba a aquel adúltero confeso, el Agente 3 se sintió el policía más desgraciado del mundo y barruntó que su próximo destino estaría en las Malvinas. Pero al menos no iría solo, porque en ese momento irrumpían junto a él los agentes 1, 2 y 4 que acudían presurosos en su refuerzo.

–¿Qué hay por aquí? –gritó el Agente 2 cuando entraba.

–¿Tenemos el cuadro? –preguntó a su vez el Agente 1.

–¿Alguien conoce al que se ha caído? –voceó el Agente 4.

Envueltos en las sábanas, cada vez más atónitos, los dos amantes consideraron que era un despliegue exagerado para su falta y que quizá no era su lujuria lo que aquellos hombres perseguían.

■

Después de haber recibido golpes por todo el cuerpo, Doggy no estaba para interrogatorios. Por eso cuando aquella chica, que supuestamente pretendía socorrerle, empezó a agitarlo y a preguntar de dónde había sacado la insignia que llevaba en la chaqueta, Doggy se puso nervioso y braceó para quitársela de encima.

–No sé nada, no sé nada –repitió el vagabundo intentando zafarse del acoso de la chica.

–Haga memoria –insistió Nuria–. ¿Quién le dio la insignia? ¿Fue el mismo que le dio la chaqueta? ¿La encontró? ¿No recuerda dónde estaba?

Whitaker observaba la escena a unos metros de distancia, sin entender bien lo que hablaban, pregúntandose qué les retenía junto a aquel hombre.

–Yo no he hecho nada –decía el vagabundo–. ¿Por qué la han tomado todos con Doggy? ¿Qué les ha hecho mi maldita chaqueta?

–Dónde la encontró, sólo dígame dónde la encontró –repetía Nuria.

Harto del acoso, comenzando a pensar que aquella

prenda estaba endemoniada, Doggy empezó a desprenderse de ella entre grandes aspavientos.

–Se han vuelto todos locos por la maldita chaqueta y Doggy no quiere que le maten por una chaqueta –dijo sacándose una manga–, Doggy sólo quiere que le dejen en paz –añadió sacándose la otra manga–. Aquí tienen la maldita chaqueta con su maldita insignia –concluyó despojándose por completo de ella, tirándola al suelo y pisoteándola con rabia antes de darse la vuelta y marcharse lo más rápidamente que le permitía su cuerpo entumecido.

Nuria, Elena y Kostas se quedaron perplejos ante su arrebato.

–Uf, cómo se ha puesto –resopló Nuria mientras le veía marcharse.

–Ponte en su lugar –dijo Elena–, primero le pegan y después le agobian. Tú también estarías de mal humor.

Kostas se agachó a recoger la prenda abandonada y se la tendió a Nuria. Ella tomó la chaqueta con cuatro dedos, con los escrúpulos que le merecía su reciente usuario. Por efecto del atropello, de la paliza y el pataleo, la prenda tenía varios desgarrones. Uno de ellos recorría todo el forro interior. Nuria lo observó mientras desprendía la insignia. Le llamó la atención lo que se veía a través de aquella raja. Parecía un dibujo. Rasgó un poco más el forro y dio un paso a la derecha para situarse mejor bajo la luz de la farola. Entonces reconoció una silueta que le resultó muy familiar por haberla visto los últimos días en la prensa.

–¡Pero sí es Goya! –exclamó.

El pintor aragonés la miraba fijamente desde las profundidades de aquella chaqueta andrajosa. Elena también le echó un vistazo. Lo que tenía delante le hizo perder su habitual frialdad.

–Supongo que será una broma –dijo Elena–, o el licor griego produce alucinaciones.

–Vamos a salir de dudas –sugirió Nuria, desprendiendo el lienzo de las puntadas que lo mantenían sujeto a la chaqueta, a costa de rasgarlo ligeramente por sus cuatro esquinas.

Cuando tuvo la pequeña tela en las manos y observó su textura y el trazo de las pinceladas, Nuria exclamó en voz alta lo que los tres pensaban.

–No me explico qué hacía esto en la espalda de un piojoso, pero se parece muchísimo al *goya* que robaron.

–Es una broma –insistió Elena.

–Es una pesada de broma –le secundó Kostas.

La fe que les faltaba a los tres en su descubrimiento, le sobró sin embargo a Whitaker cuando desde la esquina les vio manipular algo pequeño que por sus características se ajustaba al tamaño del cuadro. «Ahí pasa algo –se dijo–, y si no pasa, ya va siendo hora de que pase.» Entonces extrajo su pequeña pistola y echó a correr hacia el grupo que, pasmado bajo la farola, seguía contemplando la pintura sin saber qué hacer.

Ni siquiera vieron venir a Whitaker. Sólo fueron conscientes de su presencia cuando le oyeron gritar.

–¡Quietos todos! –exclamó el detective–. ¡Vamos a ver qué tenéis ahí!

Nuria, Elena y Kostas se quedaron paralizados: frente a ellos, un hombre apuntándoles con una pistola. Pero eso no era lo peor: por detrás de él llegaban corriendo otros dos hombres ¡y también venían armados! Whitaker no supo eso hasta que oyó una voz a sus espaldas que le conminaba a tirar la pistola y poner los brazos en alto. Entonces se volvió y vio a los dos hombres que le apuntaban a él mientras se identificaban como policías.

–Entonces no es una broma –murmuró Nuria, perpleja como sus compañeros a la vista de lo que sucedía.

Segundos después, ella, Elena, Kostas y aquel primer

tipo que les había encañonado se hallaban esposados, a pesar de sus protestas, y cara a la pared, mientras se oía el ulular de sirenas aproximándose y algunos vecinos de Sutcliffe Street se asomaban a sus ventanas al notar en los sonidos callejeros que algo raro pasaba en su zona. Y abajo, dos policías tremendamente satisfechos, veían llegar los refuerzos solicitados mientras admiraban la pintura de Goya que acababan de rescatar y que aquellas chicas españolas, demostrando muy poca imaginación, juraban haber recibido de un vagabundo.

–¿Y no conocéis algún vagabundo que me regale el Taj Mahal? –preguntó uno de los agentes–. No me vendría mal una casa de campo.

El policía no sabía español. Gracias a eso se quedó sin saber lo que Nuria y Elena opinaban sobre su coeficiente intelectual.

■

El inspector Cullimore, arropado por un grupo de hombres de su confianza, entró en el Hotel Lancashire poco después de los empleados de la ambulancia que acudían a socorrer a Heaton. En ese momento Meredith se esforzaba por tranquilizar a los clientes que llamaban desde sus habitaciones, inquietos por los gritos y tumultos que se habían sucedido en los últimos minutos.

–Un huésped ha sufrido un pequeño accidente, pero todo está bajo control –repetía el recepcionista.

Cuando apareció la policía, Meredith los acompañó a la cocina en busca del accidentado.

–¿Habla? –preguntó Cullimore, que deseaba interrogarlo.

–Se queja –aclaró Meredith, que no tenía constancia de más conversación.

Doris les aguardaba acompañando al herido, al que consolaba pasándole un paño humedecido por la cara e insistiéndole en que era un hombre muy afortunado.

–Si llega a caer fuera de la despensa, tenemos que recogerlo con pala –decía la cocinera–. Hoy es su día de suerte, amigo.

Los médicos corroboraron la opinión de Doris nada más llegar y proceder a un rápido examen: presentaba erosiones, golpes y magulladuras por todo el cuerpo, pero ninguna fractura abierta, aunque las radiografías dirían cuántas cosas llevaba averiadas por dentro. El inspector aprovechó, mientras le administraban un sedante y lo cargaban en la camilla, para intentar arrancarle alguna confesión.

–Heaton, soy Cullimore de Scotland Yard. ¿Qué tal se encuentra?

Heaton dudó si la pregunta era un cumplido o un síntoma más de la poca agudeza de la policía londinense. Su única respuesta fue un gesto entre el fastidio y la resignación.

–Veníamos siguiéndole –prosiguió el inspector–. Díganos lo que sabía. Ya no tiene nada que hacer. Nosotros completaremos su trabajo.

«Aún no he muerto y ya tengo los buitres alrededor», pensó Heaton. Pero también pensó que de nada le servía llevarse los secretos al hospital porque lo importante era recuperar el cuadro, aunque él ya se perdería ese honor.

–¿Sabe quién lo robó? –insistía Cullimore.

–Los españoles –musitó por fin el agónico Heaton, dispuesto a colaborar.

–¿Qué españoles?

–Los de la Embajada... y las chicas también saben...

–¿Qué chicas? –Cullimore se ponía nervioso–. ¿Las que siguió su socio?

Heaton apenas pudo asentir levemente con la cabeza. Los de la ambulancia ya le arrastraban fuera, oponiéndose tajantemente a que continuase el interrogatorio por la necesidad urgente de evacuar al accidentado.

–No hay que fiarse, podría tener reventado algún órgano vital –comentó uno de los médicos cuando Cullimore pretendió seguir con sus preguntas.

El inspector completó sus averiguaciones en la planta baja haciendo algunas preguntas al recepcionista y a la cocinera. Así fue como supo que ninguno de los dos conocía a Heaton de otras ocasiones y que en el hotel trabajaban dos jóvenes españolas cuyas características coincidían con las de quienes perseguían sus hombres.

–¿Han notado algo extraño en su comportamiento durante la última semana? –inquirió Cullimore sobre las chicas.

–Salían menos de lo normal –respondió Meredith.

Doris estaba fascinada por lo que oía.

–Sí, salían poco últimamente –corroboró la cocinera–. ¿Pero entonces qué son, son ladronas, son espías o qué? ¡Cuando lo cuente en el barrio no me lo van a creer! ¡Qué bien lo disimulaban las muy zorras!

–Pronto saldremos de dudas –zanjó Cullimore–. Ahora vamos a ver qué tenemos por arriba.

Cuando el inspector y sus acompañantes ascendían hacia la tercera planta, llegó un aviso urgente con el notición: las chicas del hotel habían sido detenidas con el cuadro en su poder. Junto a ellas estaba el socio de Heaton.

–Bien, parece que tenemos el caso resuelto –dijo Cullimore.

El inspector intentaba no aparentar sorpresa, aunque los acontecimientos iban mucho más rápidos de lo que él esperaba. Todavía no era capaz de hilar con lógica una trama que por primera vez en su vida se resolvía antes de que él llegara a comprenderla.

Cuando llegó a la habitación 302, sus cuatro agentes le aguardaban y supieron la noticia de la aparición del cuadro, lo cual les tranquilizó enormemente.

–Por un momento pensé que nos habíamos equivocado –suspiró el Agente 3–, que éstos sólo habían venido a magrearse.

–Las apariencias engañan –dijo Cullimore–. Seguramente lo harían por despistar, como lo del plátano. Seguramente hemos descubierto algo muy gordo, de trascendencia internacional. Creo que no voy a hablar aquí con ellos. Mejor los trasladamos a todos a la comisaría y allí nos lo contarán todo, con taquígrafos delante.

■

Rodrigo Sáenz de Almenara no hizo valer su condición diplomática hasta que le dijeron que estaba detenido, junto con su pareja, y que ambos iban a ser trasladados a comisaría para tomarles declaración por su complicidad en el robo del cuadro de Goya. Hasta entonces se había mantenido a la expectativa, sin desvelar su identidad, pero eso fue demasiado. Mucho más de lo que un hombre de su categoría podía soportar.

–¡Ustedes no saben con quién están hablando! –exclamó, indignado.

La peor noticia para él fue comprobar que sí lo sabían, y que era precisamente en su calidad de embajador español por lo que estaba detenido, ya que había indicios claros de que el robo se había preparado desde su legación diplomática.

–¡Qué el cielo les proteja! –exclamó, furioso, el embajador

jador mientras era conducido a un coche de la policía–. Van a provocar un terrible conflicto internacional.

Trini trataba de calmarlo, entre otras cosas porque la situación en que les habían sorprendido aconsejaba no dar ninguna publicidad al asunto. Pero no se apaciguaba. El embajador tronó contra el error que cometían echando mano de su árbol genealógico para remontarse hasta los Sáenz de Almenara que habían luchado junto al duque de Wellington en las batallas hispanobritánicas contra Napoleón. Pero ni eso conmovió a sus impertérritos guardianes. Sin inmutarse, lo trasladaron hasta una dependencia policial en donde él y Trini fueron despojados de objetos personales y conducidos a una habitación en donde había tres personas más: Nuria, Elena y Kostas.

Los cinco fueron colocados juntos para espiar sus reacciones y su conversación. Cullimore lo había sugerido así como única manera de enterarse de algo en caso de que los interrogatorios aislados no dieran ningún resultado.

Entretanto, a Whitaker se le dispensó un tratamiento especial. El inspector estaba interesado en hablar con él personalmente para conocer cuanto antes las averiguaciones que habían llevado a los detectives del banco a seguir aquella pista.

–Debo decirle que su compañero ha sufrido un pequeño accidente en el hotel –dijo Cullimore antes que nada cuando recibió a Whitaker en su despacho.

–Y yo debo decirle que nosotros hemos descubierto el cuadro y que sus hombres me han tratado como si yo fuese uno de los ladrones –replicó Whitaker sin preocuparse mucho por la salud de su compañero–. Ahora no quieran apuntarse el tanto. Eso tiene que quedar muy claro.

Cullimore excusó a sus hombres, «no sabían con qué intenciones esgrimía la pistola», dijo, y reconoció sus méritos para ganarse su confianza y lograr que le contase todo lo que sabía del robo. Whitaker se relajó lo suficiente, después de insistir en que el descubrimiento era suyo, para contar lo que sabía y añadir alguna intuición personal.

Contó que estaban convencidos de que el robo se había planeado en la Embajada española, aunque todavía desconocían con qué intenciones. Dijo que el autor material del robo había sido el agregado cultural, un tal Salmerón, a quien un camarero presente el día de la inauguración había visto manipular el cuadro. Ése, en su opinión, fue uno de sus fallos, y el otro probablemente consistió en haber tenido alguna relación circunstancial con las camareras del Lancashire, lo que les permitió a ellas sospechar que él había sido el ladrón al identificarlo en una foto de prensa. Después averiguaron su personalidad, lo acosaron en la puerta de la Embajada, le arrebataron la pintura y lo empujaron bajo el autobús. Añadió que el griego que las acompañaba usó una iglesia ortodoxa para esconder la pieza mientras ellas negociaban con el embajador para devolvérselo a cambio de una suma de dinero.

–¿Eso es todo? –preguntó Cullimore cuando finalizó la narración.

–En lo esencial, sí. Aunque me queda por saber qué papel tenía un vagabundo con el que estaban segundos antes de que interviniera yo.

–Pues no acabo de entenderlo todo.

–Yo tampoco, pero lo importante es que hemos recuperado el cuadro. Ya iremos conociendo luego los detalles –concluyó Whitaker.

En ese momento entró en el despacho un agente para trasladar al inspector las últimas novedades.

–La pintura tiene unos pequeños desgarrones en las cuatro esquinas, pero por lo demás no parece haber sufrido muchos desperfectos –informó el policía–. En cuanto al paquete que transportaba el que dice ser griego, contiene algo parecido a una mortadela y varias latas que hemos mandado a examinar. Lo único interesante que hemos descubierto es esta tarjeta que estaba, con otras muchas más, en el bolso de la mujer que acompaña al embajador.

El agente tendió al inspector una pequeña tarjeta en la que se veía la silueta de la cabeza de Goya fundida con el anagrama del Westland Bank y una frase anunciando la inauguración de la exposición.

–Déle la vuelta –sugirió el agente.

Cullimore miró por el otro lado y vio escrito un nombre y una dirección, además de una frase en español.

–¿Qué quiere decir esto? –preguntó el inspector señalando la frase.

–«El hombre de la maleta» –tradujo el agente.

–¿«El hombre de la maleta»? –repitió Cullimore–. Qué cosa tan extraña. Busquen inmediatamente a este hombre.

■

Jeremy Quarryman cenaba un pastel de salmón cuando alguien llamó a su puerta. No esperaba a nadie ni era una hora muy apropiada para visitas. Extrañado, dejó los cubiertos sobre el plato y le dijo a su mujer que abriría él. Bajó al recibidor y cuando abrió la puerta se encontró de frente a dos hombres de semblante riguroso.

–Buenas noches, ¿en qué puedo servirles? –preguntó Quarryman, siempre solícito.

–Policía –contestó secamente uno de ellos, pasando de saludos mientras exhibía una placa–. ¿Es usted Jeremy Quarryman?

–Sí, yo soy, ¿ocurre algo?

–Nos gustaría hablar con usted sobre sus relaciones con la Embajada española.

Por un momento Jeremy Quarryman no supo a qué se referían. Habían pasado varias semanas desde su buena acción y tardó unos segundos en recordar su paso por la legación hispana.

–La Embajada española... –titubeó un instante antes de recordar lo que le había llevado allí y pensar qué interés tendría aquello para la policía–. ¡Santo cielo! –exclamó al hacer memoria–. ¿No tendría algo ilegal aquella maleta?

–Quizá sí –respondió un policía secamente–. Le ruego que nos acompañe para aclarar algunas cosas.

En Quarryman pesó más el deber ciudadano que cualquier otra contingencia, así que obedeció a los agentes, sin pedir más explicaciones, y se despidió de su mujer dispuesto a acudir donde le pidiesen si se trataba de colaborar con la ley.

■

Después de un rato juntos, compartiendo una pequeña estancia, no se podía decir que el embajador y Trini hubiesen hecho buenas migas con Nuria, Elena y Kostas. Todos se sentían demasiado abrumados por lo que estaba pasando y cada grupo desconfiaba del otro temiendo que fueran los contrarios los responsables del error que los mantenía allí.

Apenas habían intercambiado unas frases, entre otras cosas porque el embajador no deseaba dar a conocer su condición a aquellos extraños, aunque hubiera entre ellos dos compatriotas. Era demasiada humillación para un Sáenz de Almenara.

En medio de aquel ambiente pesado, sólo Kostas hacía lo posible por elevar el ánimo.

–Es una situación muy interesada –dijo mientras el embajador le observaba como si fuese imbécil–. Cuando todo se aclare seremos heroinómanos.

–Héroes –le corrigió Elena.

–Eso quería decir.

–O mártires –dijo una desmoralizada Nuria.

–¿Qué es «martíres»? ¿Es algo típico español?

La pregunta de Kostas quedó en el aire porque en ese momento se abrió la puerta de su espacio de reclusión y apareció Cullimore rodeado de varios agentes. El inspector lucía un semblante serio: la alegría por el descubrimiento del cuadro seguía empañada por los puntos oscuros de un rompecabezas que no lograba descifrar y cuya última pieza, el individuo que acababan de traerle sus hombres, tampoco había aclarado nada.

–Bien, veo que insisten en ignorarse –dijo el inspector.

–No hablaré hasta que llegue mi abogado –dijo el embajador.

–Nosotros también queremos un abogado –dijo Elena, erigiéndose en portavoz de su grupo.

–Pronto llegarán los abogados. Pero antes quiero presentarles a otra persona, a ver si lo conocen.

El inspector hizo un gesto y saliendo de detrás de los agentes apareció un hombre de mediana edad, con gafas, el pelo rojizo y la cara pálida.

–¿Alguno de ustedes lo conoce? –preguntó Cullimore señalando a Jeremy Quarryman.

El inspector había pensado que sería la mujer que acompañaba al embajador quien lo identificaría. Sin embargo, para su sorpresa, fue una de las chicas jóvenes quien, medio temblando, se puso en pie y señalando a Quarryman como si apuntase a un fantasma exclamó:

–¡Pero si es el hombre del metro! ¡El hombre que se quedó con mi maleta!

Sólo entonces, cuando Nuria creyó enloquecer ante aquel pelirrojo, Trini lo reconoció también. Y mientras el tímido Quarryman no acertaba a entender tanto alboroto, el inspector Cullimore, aunque todavía perplejo, pensó que al menos empezaba a aparecer un nexo de unión entre todos.

–Bien, amigos –dijo solemnemente–. Creo que, gracias a este hombre, en los próximos minutos vamos a aclarar todo este asunto.

Nadie allí estaba muy seguro de eso, pero al menos había una persona que en plena zozobra veía un rayo de esperanza en medio de aquella incómoda situación.

–Yo me conformo con que me sirva para recuperar mi ropa interior –sentenció Nuria–. Puedo olvidarme de la videocámara, pero no aguanto más la lencería barata que he tenido que comprar.

Los hombres allí presentes no entendieron nada. Pero es que los hombres suelen carecer de sensibilidad.

XIV

Era un magnífico día de mayo, con sol y un cielo azul como pocas veces se veía en Londres. El párroco de San Matthew acompañó a sus invitados por el jardín de la iglesia, sorteando lápidas con fechas y nombres cincelados, hasta detenerse al pie de un gran castaño cuya sombra cobijaba el descanso eterno de varios fieles.

–Ésta es la tumba a la que me refería –dijo el sacerdote colocando la mano sobre la piedra–. Aquí yace un hombre singular. Lo enterramos el pasado otoño sin saber nada de él, sin imaginar que pocos días antes de su muerte había sido capaz de uno de los golpes más audaces que ha vivido este país en mucho tiempo. Él solo planificó y ejecutó un robo extraordinario que a la policía le costó esclarecer, y cuando lo hicieron fue a costa de provocar un incidente diplomático. Nadie habría sospechado jamás de él. Si la casualidad, una maleta y un autobús no se hubiesen cruzado en su camino, habría ejecutado un robo perfecto. A la altura del asalto al tren de Glasgow.

Uno de sus acompañantes hizo una foto ligeramente desenfocada.

–Es sorprendente lo que puede hacer un hombre oscuro cuando decide cambiar su destino –comentó el párroco dando unas palmaditas sobre la lápida.

Los que le acompañaban asintieron con un rictus de admiración.

Debajo del césped, debajo de las flores radiantes de la primavera, debajo del ligero montículo que corría perpendicular al castaño, amontonados en su austera caja de madera, los huesos de Adolfo Salmerón desprendieron destellos de flúor y brillaron en la oscuridad. Ahora, por fin, alguien apreciaba su trabajo. Ya no era un ser gris y anodino. En la breve historia inglesa del delito siempre habría un hueco para él.

THE END

APÉNDICE

1. EL AUTOR

Miguel Mena nació en 1959 en Carabanchel Alto (Madrid). Con poco más de veinte años se trasladó a Zaragoza donde trabaja, desde entonces, como locutor de radio de la cadena SER.

Inició su carrera profesional como realizador de programas musicales nocturnos en los que combinaba la música pop con guiones de tipo humorístico, que luego recogió en su primer libro, *Parafernalia*, publicado en 1985. Desde entonces ha realizado en la programación local de la SER en Zaragoza todo tipo de programas, desde *Los 40 Principales* a magacines con información, entrevistas y participación de los oyentes. En la Cadena Dial realiza desde 1993 un programa de viejas canciones en español, *El desván*, que se emite para toda España. Desde 1990 colabora como columnista en *El Periódico de Aragón*.

En los últimos años ha publicado libros con regularidad. En 1992 apareció su primera novela, *Vinagre en las venas*, una disparatada trama detectivesca llena de humor e intriga. Ciclista aficionado, plasmó esta actividad en un original libro de viajes, *Paisaje del ciclista* (1993), donde relata con ironía el sofocante viaje veraniego de un hombre y una bicicleta desde los Pirineos hasta la sierra de Javalambre. Más viajes, junto con artículos y reportajes, forman parte de su último volumen de miscelánea, *Por las ramas*, libro publicado en 1995. Pero su obra más conocida es, sin duda, *Bendita calamidad* (Alba, 1996), una divertida novela de aventuras ambientada en el Moncayo.

2. LA OBRA

Trama argumental

El argumento es el resumen de lo que pasa en una novela, cuento, película, obra de teatro. Es una relación de las acciones más importantes ordenadas temáticamente y/o cronológicamente. Es una síntesis que reconstruye el orden de los hechos aunque éste no exista en la obra a la que se refiere. En las novelas puede haber saltos atrás o adelante en el tiempo, a veces nos encontramos episodios que ocurren simultáneamente aunque nosotros los leamos consecutivamente; y en otras ocasiones lo que hay son varias tramas entremezcladas que componen una sola historia. Es lo que ocurre con *El escondite inglés.*

Nuria, una estudiante de inglés española, llega a Londres para practicar el idioma y trabajar en un hotel –el Hotel Lancashire–. Nada más llegar, al coger el metro, su maleta se le queda fuera del vagón cuando se cierran las puertas y ve cómo la recoge un hombre pelirrojo. Éste, llamado Quarryman, la lleva a la Embajada española, donde tras apuntar sus datos, dejan la maleta en un sótano y se olvidan de ella.

En la Embajada encontramos a varios personajes que acabarán implicados en la trama: Trini, la secretaria y amante del embajador; éste mismo, al que sólo le interesan las mujeres, y Adolfo Salmerón, un funcionario gris que pasa siempre desapercibido.

Un mes después de este episodio está a punto de inaugurarse en Londres una macro-exposición sobre Goya. Adolfo Salmerón planea robar uno de los cuadros. En el sótano de la Embajada descubre la maleta de Nuria. Al abrirla, encuentra una insignia que le recuerda otro cuadro del famoso pintor; así que toma su descubrimiento por un buen augurio y se coloca la insignia en la solapa de la americana. Mientras tanto los encuentros amorosos entre Trini y el embajador se suceden de hotel en hotel y Nuria sigue buscando su maleta.

El día de la inauguración de la exposición Salmerón substituye el cuadro elegido por una copia. La tela sustraída acaba cosida al forro de su americana, la misma que lleva la insignia. Nuria ve en un periódico una foto de la exposición, en la que aparece Salmerón con su insignia.

Nuria sigue la pista y llega hasta Salmerón en el momento en que éste sale de la Embajada española. Al interpelarle sobre «lo que lleva en la chaqueta», el funcionario cree haber sido descubierto y huye presa del pánico. Un autobús lo atropella y muere en el acto. Su americana, con la insignia y el *goya*, acaba abrigando la espalda de un mendigo.

Paralelamente, la compañía de seguros ha estado investigando el robo. Nuria y una amiga suya, Elena, siguiendo la pista de la foto de Salmerón, habían visitado la exposición, despertando las sospechas de los detectives privados encargados de la investigación. Siguiendo el rastro de las dos españolas, llegan al Hotel Lancashire, donde montan un fuerte dispositivo de vigilancia. La policía, totalmente desorientada, decide vigilar a los detectives de la compañía de seguros y aprovecharse de los posibles resultados de la investigación de éstos, así que también acaban en el Hotel Lancashire.

Dentro del hotel coinciden Nuria y Elena, que trabajan allí, y Trini y el embajador, que llegan en su incesante búsqueda de hoteles discretos. Los investigadores de la compañía deducen que todos están implicados en el robo.

Mientras uno de los dos detectives privados sigue a Nuria y Elena, que han salido a hacer recados, el otro se queda en el hotel para vigilar lo que ocurre con el embajador. La policía, a su vez, sigue los pasos de los dos sabuesos.

En una escena apoteósica en la que se suceden los malentendidos, coinciden en la misma habitación los dos amantes, el investigador privado y unos cuantos policías.

Por otro lado, Nuria y Elena se acercan a socorrer a un hombre apaleado que resulta ser el mendigo que «heredó» la americana de Salmerón, origen de sus problemas. Cuando Nuria le pregunta por la insignia que todavía lleva en la solapa, el vagabundo, harto de la prenda, se desprende de ella y la tira. Nuria la recoge. Por el forro roto asoma el cuadro robado. Instantáneamente aparecen el segundo investigador privado y, detrás suyo, más policías.

Todos los presuntos implicados son detenidos y encerrados en la misma celda. No hay quien aclare la conexión entre las piezas del rompecabezas, hasta que en el bolso de Trini encuentran los datos de Quarryman, el pelirrojo que llevó la maleta a la Embajada, quien dará la información que falta para resolver el caso.

Último capítulo: Se le reconoce a aquel funcionario gris llamado Salmerón su gran talento para planear y ejecutar un robo perfecto.

Género

Es difícil adscribir la novela a un género determinado. En ella encontramos temas, personajes y motivos procedentes de un riquísimo mundo de referencias literarias, cinematográficas y hasta televisivas.

Ya en los dos primeros capítulos observamos nada menos que tres planteamientos genéricos: la novela de iniciación adolescente, el relato galante (el adulterio del embajador) y el arranque de una historia previsiblemente policíaca (todo un subgénero: el del atraco perfecto). El primero de ellos quedará bastante diluido al avanzar la acción, pero los otros dos se mantendrán hasta el final. Tienen en común el tratamiento paródico al que los tres han sido sometidos.

La narración toma su línea argumental de la novela policíaca –la búsqueda de un objeto robado–, pero la transforma por medio del humor: la desorientación del inspector de policía, lo absurdo de la investigación, la supuesta complicidad de gente inocente, la demencial vigilancia del hotel, etc. Lo mismo ocurre con la pequeña incursión que se hace en el relato de espionaje –los detectives privados con su sofisticado equipo que no les sirve ni para descubrir a unos amantes–, y en la novela negra –en esta ocasión el hombre poderoso no tiene nada que ver con el robo.

Reforzando la comicidad de la novela, se destruye la característica más importante del género: que el lector descubra junto con el protagonista la clave del misterio. Aquí el lector se ríe de los investigadores, pues al saber más que ellos capta lo absurdo de sus actuaciones.

El entrecruzamiento de historias y las asociaciones entre ellas responden al género teatral de la comedia de enredo, cuya versión moderna sería la comedia clásica del cine americano.

Podemos encontrar en la novela otras referencias cinematográficas: los personajes que son «falsos culpables», los que se ven envueltos en sucesos criminales por azar y los objetos que desencadenan un conflicto parecen proceder de las películas de Alfred Hitchcock: el episodio en la *morgue* recuerda algunas películas con dosis salvajes de humor negro; la caída de Heaton al vacío sin que le pase nada grave parece un «gag» de dibujos animados.

Por último queda señalar los guiños cervantinos que la novela hace al lector: el caballeroso Quarryman devolviendo la maleta; los personajes que viven una novela policíaca de su invención, que no tiene nada que ver con los hechos ocurridos realmente; el encuentro casual de todos los personajes en un lugar donde se gesta el desenlace.

Sin embargo, todas estas referencias y convenciones de género quedan unificadas por el tratamiento humorístico que de ellas se hace, por la ironía que empapa la narración. De este modo, todos los géneros literarios presentes en *El escondite inglés* quedan encuadrados dentro de su carácter de novela de humor.

Estructura

Analizar la estructura consiste en averiguar cómo se reparte el material narrativo a lo largo de la novela. Es decir, contamos con unos elementos (argumento, personajes, lugares, recursos estilísticos, etc.) y con múltiples maneras de combinarlos y disponerlos. Los elementos pueden repetirse en muchas novelas diferentes, pero lo que no se repetirá nunca será el lugar de la narración donde estén colocados y los elementos con que se han combinado. ¿Con qué elementos contamos en *El escondite inglés*? Vamos a ver los más destacables.

En primer lugar tenemos el argumento, desordenado, distribuido a lo largo de cada capítulo. En la novela este elemento, que hemos visto en el primer apartado, tiene varias historias (tramas): la desaparición de la maleta, la historia de amor del embajador y el robo del *goya*.

En segundo lugar hay que contar con los personajes, en qué capítulos hacen su aparición o cuándo dejan de ser importantes para la narración. En tercer lugar tenemos los lugares en los que transcurre la acción. En este caso hay tres localizaciones fundamentales: la Embajada, la sala de exposiciones y el Hotel Lancashire.

Como cuarto elemento tenemos los objetos: la maleta, la insignia, el cuadro y la chaqueta. Su aparición y desaparición provoca una reacción en cadena de efectos imprevistos, lo que constituye la fuerza motora de la acción.

En quinto lugar, podemos fijarnos en las páginas que tienen cada capítulo y en sus subdivisiones, observando cómo se distribuyen los materiales literarios.

La novela consta de catorce capítulos de extensión variable. Los capítulos están subdivididos en un número irregular de episodios que se corresponden con cambios de situación, de personajes o de lugares. Así, hay capítulos con muy pocas páginas que suelen estar centrados en una situación y otros en los que los diferentes episodios se van sucediendo a ritmo vertiginoso.

Esto queda especialmente claro en los capítulos II y XIII, que son los más largos, movidos e importantes. El capítulo II porque nos plantea el conflicto sobre el que se construye el relato, y el XIII porque es el momento culminante de la novela, en el que la confusión explota.

Siguiendo el esquema clásico, tenemos el planteamiento del conflicto en los capítulos I-IV, el desarrollo o nudo en los capítulos V a XI y el desenlace en el XII y el XIII. El XIV no forma parte de la acción, es un epílogo.

Antes de llegar al capítulo XIII hay otros momentos cumbres cuya distribución en el texto es interesante de observar: la preparación del robo, en el capítulo III; la muerte de Salmerón, en el capítulo IX, y la aparición en la puerta del hotel del embajador, Trini y las chicas, en el capítulo XI. Todos estos capítulos (el III, IX, XI y XIII), son cimas de atención (clímax), que se reparten uno al principio de la novela y tres al final, en un *in crescendo* que acaba en la «traca final» del capítulo XIII.

Si a esto le añadimos el «suspense» que se consigue en el capítulo V, con el camarero que ve a Salmerón robando el cuadro, y en el capítulo XIII con la intriga de la habitación del embajador entendemos por qué nunca decae el interés al leer *El escondite inglés.*

Otro detalle que llama la atención al mirar atentamente la estructura de la novela es el de su recorrido casi circular: en el segundo capítulo tenemos a Quarryman llevando la maleta a la Embajada e iniciando el conflicto. En el último (sin contar el XIV), el caballeroso pelirrojo lo resuelve.

Aunque en la novela no aparecen más divisiones que las que corresponden a capítulos y episodios, se pueden distinguir dos grandes partes en la narración, prescindiendo del último capítulo: una iría del I al IX y abarcaría desde el principio a la muerte de Salmerón; la otra comprendería los capítulos X a XIII y vendría definida por la aparición del vagabundo, el traspaso de objetos problemáticos, el protagonismo que asume el hotel y la aceleración de la acción. Curiosamente, a pesar de que el número de capítulos no es igual en las dos partes, el número de páginas coincide: 89 y 89. ¿Otra de las muchas casualidades de la novela?

Personajes

La novela es un variopinto muestrario de personajes que se mueven en ambientes diferentes, pero que coinciden en determinados puntos de la narración.

La mayoría de ellos se relacionan en grupo o en pareja. No hay claros protagonistas, pues en cada capítulo e incluso en cada secuencia cambian los personajes que aparecen en primer plano. Quizá la figura que alcance un mayor relieve sea la de Adolfo Salmerón.

El grupo de jóvenes está compuesto por Nuria, Elena y Kostas. Relacionados con ellos están los empleados del hotel, entre los que destaca por su descaro la cocinera. Trini y el embajador forman una pareja y los investigadores Heaton y Whitaker otra. El inspector Cullimore –uno de los personajes más caricaturescos e hilarantes de la novela– aparece a menudo rodeado por sus agentes, que demuestran mayor inteligencia y mejor criterio que su jefe.

Nuria es tozuda y voluntariosa y se ve ayudada por sus amigos Elena y Kostas, un chico griego que tiene problemas con los idiomas y habla un castellano bastante cómico. Son los personajes menos complicados de la novela.

De Trini lo poco que sabemos es que es la secretaria y amante del embajador español en Londres, que llega tarde al trabajo y es frívola. Del diplomático, en cambio, conocemos hasta la historia amorosa de sus antepasados. Destaca en él su «donjuanismo» y lo poco que le preocupan las obligaciones de su cargo.

Heaton y Whitaker son dos investigadores privados encargados de un caso que les viene grande y que caen en el ridículo en situaciones como la del chiringuito de las salchichas o la caída desde la ventana. Son la parodia de los detectives de las películas. No obstante, consiguen resolver el caso, aunque en ello intervenga el azar.

Sólo hay dos personajes que actúen solos: Salmerón y Doggy, el vagabundo. Tienen en común que ambos están de alguna manera marginados: Doggy, por vivir al margen de lo socialmente aceptado; Salmerón, por pasar siempre desapercibido y no ser valorado por nadie. No por casualidad acabarán utilizando la misma chaqueta.

Salmerón es el personaje más interesante de la novela. Es el pícaro, el hombre inteligente que se siente frustrado y decide ganarse el reconocimiento y el respeto de la gente, aunque sea mediante un robo. Tarde, pero lo consigue.

Los demás personajes tienen apariciones puntuales. Cada uno presenta un rasgo característico que le hace sumamente divertido: la grosería del jardinero español; el quijotesco Quarryman, que pierde la mañana para devolver una maleta a su dueña; Lonnerby, el pesado hispanista que impide a Salmerón salir con el *goya* de la exposición; el borrachín doctor Hastings y su ayudante; Jimmy Olson con su falta de espíritu y nula perspicacia.

En general los personajes de la novela no se caracterizan ni por su inteligencia ni por otras virtudes. En cambio resultan muy humorísticos, algunos incluso hilarantes, y ayudan a crear el efecto cómico que es cosustancial al estilo de la novela.

Técnica narrativa y estilo

La novela está construida sobre el contraste entre lo que ocurre y lo que algunos personajes creen que ocurre, todo bajo la mirada del narrador, que lo domina todo y establece una complicidad con el lector, quien sabe tanto como él y se convierte en un observador privilegiado. El narrador, en tercera persona, mantiene una perspectiva irónica. Perspectiva que contrasta muy a menudo con los puntos de vista de los diferentes personajes, cuyos pensamientos irrumpen humorísticamente en el relato. Como ocurre por ejemplo en la escena en la que el embajador y Salmerón hablan sobre el cine de Buñuel, mientras uno piensa en acostarse con Trini y el otro en robar una obra de arte.

Éste es uno de los múltiples recursos utilizados para provocar la hilaridad del lector. Todos se basan en dos materiales narrativos esenciales: la invención de situaciones cómicas y la utilización creativa del lenguaje.

Las situaciones cómicas se suceden sin interrupción. Desde las que proponen un humor blanco hasta las que juegan con el sarcasmo, sin olvidar algunas escenas grotescas y el episodio de humor negro del forense. Muchas de ellas proceden del enfrentamiento de elementos contrarios: la risa surge ante el contraste entre lo que se dice y lo que se hace, lo que se dice y lo que se piensa, lo que se hace y lo que se piensa.

Igual ocurre con la desproporción entre los fines y los medios: Salmerón consigue realizar el atraco perfecto de una manera absolutamente casera, mientras que los investigadores privados montan un dispositivo tipo CIA para acabar deteniendo a dos inocentes. Otro contraste de parecido efecto es el que procede del choque de culturas. He ahí a Quarryman enfrentándose a un jardinero español que le habla en italiano.

Los recursos de lenguaje utilizados van en la misma dirección. La estilística está en función del objetivo jocoso del texto. En primer lugar, hay una utilización irónica de ciertas expresiones tópicas: devolver una maleta constituye una «sagrada misión», Salmerón es definido como «honrado oficinista».

El segundo lugar estaría ocupado por las sorprendentes comparaciones, exageraciones e imágenes de gran originalidad. Vayan unas cuantas como muestra: «las tripas le sonaban como cañerías absorbiendo el agua del fregadero», «Doris tenía la lengua ágil como un látigo y sucia como todo un estadio saludando al árbitro», «la cocinera era como una guindilla y el recepcionista parecía un repollo».

Como tercer elemento tendríamos los juegos de palabras y chistes lingüísticos como el que nos ofrece el embajador cuando dice que en sus estancias por distintos países siempre ha «dejado el pabellón español muy alto», refiriéndose a su potencia amorosa y no a su competencia profesional. Una utilización especial de las palabras se le atribuye a Kostas, que ante su escaso conocimiento del idioma utiliza expresiones del tipo «está como una palangaga» o «Me gusta mucho Goya. La guapa desnuda y también la guapa con ropa».

El lenguaje utilizado procede en gran parte del habla coloquial, aunque en algunos momentos el narrador cambia a un mayor grado de formalidad. Algún personaje entra de lleno en la vulgaridad («la leche, qué pesados son estos ingleses») y algún otro nos muestra la ridiculez de utilizar un lenguaje específico fuera de contexto (dice Trini al embajador como si rellenara una instancia: «convendría fueses más discreto»).

Por lo tanto nos encontramos con un lenguaje que no presenta dificultades de comprensión y que ofrece con naturalidad grandes posibilidades de diversión por su expresividad y su sorprendente uso de los recursos estilísticos.

3. PROPUESTAS DE TRABAJO

Control de lectura

1. ¿Por qué Salmerón se coloca la insignia de Nuria en la solapa?
2. ¿Qué importancia tiene que Salmerón sea un «hombre gris» para el desarrollo de la acción de la novela? Explica el sentido del último capítulo.
3. ¿Qué circunstancias obligan a Salmerón a cambiar el *goya* de sitio? ¿Dónde lo guarda?
4. ¿Cómo consigue Nuria encontrar a Salmerón? ¿Qué consecuencias tiene?
5. ¿Por qué la policía persigue a Heaton y Whitaker?
6. Explica por qué Nuria, Elena, Trini y el embajador son sospechosos del robo del cuadro.
7. ¿Qué función tienen en el relato los gritos eróticos del embajador?
8. Resume el desenlace de la novela.
9. Elige los tres personajes que te hayan parecido más cómicos y explica por qué.
10. ¿Por qué la obra se llama *El escondite inglés*?

Actividades de reflexión

– Ver en clase *El halcón maltés* y *Con la muerte en los talones* y hacer un coloquio posterior en el que se buscarían conexiones con la novela.

– Investigar sobre las obras de Goya que aparecen mencionadas en la novela. Averiguar si existen, conseguir fotos o diapositivas. Comentario en clase, hacer un mural, intentar «fabricar» un *goya* falso como el de Salmerón.

Actividades de creación

– Basándote en los cinco elementos estructurales de la novela, analiza todos sus capítulos.

– La novela tiene tres historias diferentes que se entrecruzan a partir del momento en que Adolfo Salmerón decide ponerse la insignia. Imagina cómo hubieran continuado las tres historias por separado si no hubiera abierto la maleta. Escribe los argumentos.

– Redacta la noticia y la crónica del robo del cuadro, la noticia de la muerte de Salmerón y su epitafio y, por último, un anuncio para intentar recuperar la maleta de Nuria.

– Los personajes no aparecen descritos físicamente en la novela. Elige cinco de ellos, fíjate en sus características psicológicas e inventa un físico acorde con ellas. ¿Te atreverías a dibujarlos? Si tuvieras que dirigir una película sobre la novela, ¿qué actores elegirías para cada personaje?

– Fíjate en la estructura de la novela. ¿Serías capaz de descubrir cuánto tiempo pasa entre la llegada de Nuria a Londres y la recuperación de la maleta? ¿Y entre el robo y la detención de los presuntos implicados?

– Escribe un relato (unas cuatro páginas) en el que se plantee un misterio en la primera media página y no se resuelva hasta la antepenúltima línea.

– Por grupos, elegid una escena de la novela y reescribidla para ser representada. Se trata de transformar la narración en diálogos y la descripción en acotaciones teatrales. Si os animáis, podríais luego hacer la representación en clase.